THOMAS SPITZER

Wir sind glücklich,

unsere Mundwinkel zeigen in die Sternennacht wie bei Angela Merkel, wenn sie einen Handstand macht

peripla

Von fliegenden Elefanten und Mücken mit Elfenbeinen

Ich bin mittlerweile total verunsichert. Ich weiß überhaupt nicht mehr, was ich sagen soll. Auf dem Weg zur Uni werde ich jeden Morgen von Immigrantenkindern geschlagen. Und zwar lyrisch. Wenn mich der Bäcker freundlich grüßt, zucke ich zusammen und halte ihm das Nusshörnchen an die Schläfe. Dabei weiß doch jedes Kind, dass man nicht auf Menschen zielt.

Letztens habe ich vor lauter Verunsicherung einen Postboten angebellt. Ich hab mich gar nicht mehr eingekriegt, bin so lange bellend hinter ihm her, bis er über die Straße gerannt ist und vom Auto überfahren wurde. Für ihn hätte es nicht besser laufen können. Danach war er Brad Pitt in *Rendezvous mit Joe Black.*
Trotzdem hat mir diese Episode zu denken gegeben. Vor allem, weil ich auf seiner Beerdigung die folgenden Worte sprach: „Liebe Angehörige. Tut mir echt sorry. Seid ihr mit mir down, dann bitte gebt mir ein *Wuff.*“

Als ich nach sechs Monaten Koma im Krankenhaus erwachte, sah ich eine schöne Krankenschwester. Ich wollte spontan sein und ein kluges Statement zur Gesamtsituation abgeben. Also wies ich sie auf ihre Brüste hin.
„Was?“, sagte sie.
„Na, Melonen“, sagte ich vorsichtig. „Sie wissen schon. Belugas. Magumbas. Gazongas. Burritos.“
Keine Ahnung, warum ich das tat. Schließlich finde ich es nicht gut, wenn Frauen mich auf meinen Sexismus reduzieren. (Der ist nämlich nicht besonders groß.)

Wie sich später herausstellte, war sie Mexikanerin. Ich hatte nicht nur einen anzüglichen Kommentar von mir gegeben, sondern auch in *einem* Satz *alle* ihre Nationalgerichte beleidigt.

Als ihre Brüder mit mir fertig waren, lag ich weitere zwei Monate im Koma. Dann dachte ich darüber nach, wie schwierig es ist, ein politisch korrektes Statement abzugeben. Etwas anderes kann ich mir aber als Chef einer großen Firma mit Familie und Pool nicht leisten. Vor allem kann ich mir als Chef einer großen Firma mit Familie und Pool das nicht leisten, weil ich gar kein Chef einer großen Firma mit Familie und Pool bin.
Nein, ich sitze den ganzen Tag in meinem Zimmer, und wenn ich nicht schreibe, zocke ich *Diabolo.* Für alle, die nicht wissen, was das ist: Das ist ein packendes, in den 90er Jahren entwickeltes Geschicklichkeitsspiel. Im Einzelmodus geht es darum, einen kleinen taillierten Plastikzylinder zwischen zwei Stöcken zu balancieren, was praktisch ist, da man so gleich einen ausgefallenen Dancemove hat, falls man dann doch mal in die Disco geht.

Die Welt scheint sensibel geworden zu sein, als wäre sie aus Streichkäse. Das verunsichert mich, und ich benehme mich daneben. Ich komme mir vor wie eine Mücke in einem Porzellanladen, aus der man einen Elefanten macht. Aus meiner Sicht ist das nicht weiter schlimm. Mücken und Elefanten sind beide berüsselt, machen unerträgliche Geräusche und haben Elfenbeine. Wo liegt also der Unterschied? In einer perfekten Welt würden uns kleine, lustige, fliegende Elefanten nerven. Stellt euch mal vor, wie cool das wäre! *Bzzzz*. Klatsch! „Krass, Benjamin Blümchen."

Wenn die Welt nicht so kleinlich wäre, wären Elefanten das vielleicht. Aber sie ist filigran und buttrig wie die Schenkel eines Nerds. Seit der Debatte um *Django Unchained* traue ich mich ja kaum noch, das Wort „einigermaßen" in den Mund zu nehmen.

Dabei bin ich auch sonst kein Typ, der die Dinge so genau nimmt. Bis zu meinem achten Lebensjahr dachte ich, *Apokalypse* sei das, was die Koalabären essen.
Klar, ich kann verstehen, dass man auf bestimmte Dinge als Maximalpigmentierter sensibel reagiert. Trotzdem habe ich nichts gegen Koalabären. Die wollen auch nur ficken.

Wenn meine Schwester zur Arbeit einen Minirock anzieht, in dem eine dressierte Ratte rumkrabbelt, gilt das als gewagt, aber elegant. Da kriegt dann sogar die Ratte eine Beförderung. Wenn ich das mache, krieg ich eine Fußschelle, die mir Stromschläge verpasst, wenn ich mich einem Kindergarten auf 200 Meter nähere. Und die schon beim Gang zur Toilette „Böser Arier! Böser Arier!" flüstert. Und wer könnte es ihnen verübeln? Ich bin mir sicher, dass es immer Menschen im Publikum gibt, die mich für einen schlecht als Tim Benzko verkleideten Thilo Sarrazin halten. Dabei urteile ich gar nicht über Türken, Russen, Juden, Asoziale, Frauen, Behinderte, behinderte Frauen, Homosexuelle oder generell Leute, die nicht Mercedes fahren.

Als ich nach dem Abitur zur Behindertenpflege ging, erzählte mir einer der Behinderten, er hätte bei den öffentlich-rechtlichen Fernsehsendern angerufen und sich beschwert, weil die Menge der Behindertenwitze massiv zurückgegangen sei.
„Wenn ich schon Rundfunkgebühren zahle", sagte er, „dann will ich auch nicht ausgegrenzt werden."
Das hat mich damals ziemlich verwirrt. Vor allem, weil Behinderte gar keine Rundfunkgebühren zahlen. Aber schon nach wenigen Wochen war ich der beliebteste Pfleger. Weil ich mich genauso über die Rollstuhlfahrer lustig machte wie über alle anderen, ihnen aber andererseits auch währenddessen genauso in die Augen sah.
Wenn ich Motsi Mabuse auslache, dann nicht, weil sie eine Schwarze ist oder eine Frau oder ein bisschen speckig, sondern wegen ihres bescheuerten Namens. Über einen blonden, blauäugigen

Schweden würde ich genauso lachen, wenn er Motsi Mabuse hieße. (Oder Joe Black.)

Ich tue keiner Fliege was zuleide. Ich klatsch' nur hier und da einen Elefanten weg. Wenn ich im Urlaub bin, bedanke ich mich bei jedem Moskito mit einem freundlichen „Shalom", weil Mückenstiche gut sein sollen gegen Rheuma. Ich ernähre mich flexitarisch und kleide mich vegan. Ich heize nicht mit Erdöl aus Respekt vor Dinosauriern. Aber für mich sind alle Menschen erst dann gleich, wenn ich *gleich* wenig aufpassen muss, was ich sage, bevor ich mit jemandem rede. Oder wie ich letztens meinem Freund erklärte: „Ich habe nichts gegen die gleichgeschlechtliche Ehe. Solange ich das große Löffelchen sein darf."

Natürlich will ich, dass alle Menschen gleich bezahlt werden. Auch wenn ich niemandem wünsche, dass er so wenig Geld hat wie ich. Im Ernst. Ihr glaubt nicht, was man als Autor so für Anfragen bekommt! Du schreibst doch auch nicht einen Chirurgen an mit den Worten: „Willst du nicht bei uns zum Operieren vorbeikommen? Du kriegst zwei Getränkemarken und ein *Hanuta.* Aber hey, die Atmosphäre ist total toll."

Nur weil etwas unterhaltsam ist, ist es deshalb nicht gleich Propaganda. Nur weil Gesetze dazu da sind, um interpretiert zu werden, gibt es *trotzdem* Grenzen des guten Geschmacks.
Und auch, wenn du mich jetzt ratlos anschaust, heißt das noch lange nicht, dass ich aufhöre zu reden, bis alle deine Fragen offen sind. Also komm, meine kleine Motsi, lass uns rausgehen und aus Elefanten Moskitos machen.
Ich weiß nicht, wie es dir geht, aber ich persönlich habe Angst vor Rheuma. Und vor dem Alter.
Und auch sonst vor Dingen, die man nicht ändern kann.

Bumswurscht

„Schreib doch mal einen Text, der so geht: *Bumswurscht*."
„Was?"
„Einfach *Bumswurscht*. Das fände ich mal gut. Nicht immer dieses intellektuelle Blabla."
„Und dann?"
„Nichts. Einfach nur *Bumswurscht.* Das reicht."
„Okay, mach ich."
„Wirklich?"
„Klar. Wird bestimmt ein Hit."
„Glaubst du?"

Irgendwas mit Berufen

Wieso sind Berufe so unterschiedlich konnotiert? Wenn ich den Leuten sage, dass ich mal als Pfleger gearbeitet habe, denken sie gleich, ich sei ein netter Mensch. Dabei kommt es doch immer auf den Kontext an. Der Satz „Ich weiß nicht, was es ist, aber Sie haben es!“ hat zum Beispiel eine ganz andere Bedeutung, wenn er von einem Proktologen kommt.

Wenn ich sage, dass ich Autor bin, höre ich oft ein „Nein, wie interessant!“ und werde danach in ein total uninteressantes Gespräch verwickelt, das meistens damit endet, dass ich mir irgendetwas durchlesen muss.
Eine Freundin von mir ruft mich *jedes Mal* an, wenn sie vor einer Werbung für Poetry Slams steht, um zu wissen, ob ich „da dann auch“ bin.
Ich hab sie letztens zurückgerufen: „Hallo Aylin. Ich stehe grad vor einer Zahnarztpraxis und höre jemanden bohren. Bist du's?“

Wenn ich erzähle, dass ich VWL studiert habe, halten mich die Leute für arrogant. Wenn ich wiederum erzähle, dass ich auch Philosophie studiert habe, fragen mich die Leute nach Gras.
Ich hingegen stelle mir dann immer die Frage, wieso Leute so erpicht darauf sind, mich in eine Schublade zu stecken, während ich ihnen zwei Gramm feinstes Ganja in ein kleines Plastiktütchen abfülle. Schließlich ist es doch eine ziemlich banale Erkenntnis, dass jede Tätigkeit spannende und weniger spannende Seiten hat, dass einen jeder Beruf irgendwann mal nervt und irgendwann mal Spaß bereitet, und jeder müsste eigentlich aus seinem eigenen Leben wissen, dass Fachbereiche selten etwas mit dem öffentlichen Bild eines Berufs zu tun haben.

Ein Satz wie „Ah, Anwalt, Paragrafen und so" zeugt eher von Desinteresse und Respektlosigkeit als von besonderer Expertise und Anteilnahme. Oder nicht?

Wenn man mich in meiner Kindheit fragte, was ich werden wollte, sagte ich: „*Cini-Mini*-Bäcker." Ich konnte mir damals nichts Schöneres vorstellen, als Dinge mit Zimt zu bewerfen – mit den Worten: „Ah, fertig!" Und es stimmte mich sehr traurig, als ich bemerkte, wie auswechselbar und unbeliebt dieser Job machen würde.
Stell dir vor, du sitzt in einem Großraumbüro und arbeitest seit 48 Stunden an einer *PowerPoint*-Präsentation. Du rufst bei der Abteilungsleitung an, sie mögen dir doch bitte einen Spezialisten vorbeischicken. Und dann kommt irgend so ein kleiner, speckiger Koch rein, bewirft dich mit Zimt und ruft: „Ah, fertig!"
Das erinnert mich an ein Interview mit einer Pornodarstellerin, die einst sagte, das Schlimmste, was ein ihr ins Gesicht ejakulierender Mann je gerufen hätte, wäre gewesen: „Et voilà!" (Im Ernst: Alle reden davon, wie zauberhaft Französisch klingt, aber die einzige mir im Gedächtnis gebliebene Vokabel ist das Wort für Butterblume: *Le beurre fleur*.)

Wo waren wir stehengeblieben? Ach ja, Klischees.
Es dauerte lange, bis ich begriff, dass die meisten Männer nach der Schule nicht Lokomotivführer werden, Astronaut, Cowboy oder Kuschelkönig. Oder eine Kombination – mittags Pirat, abends Konditor. Was damals nicht abwegig klang. Ein Kumpel von mir nahm den Satz „Du kannst alles werden, was du willst" bis zum Gymnasium so wörtlich, dass er dachte, man könnte wirklich *alles* werden. Also ein Tisch, ein singender Kerzenständer oder ein sprechender Hydrant. Das war die erste große Enttäuschung meiner Kindheit, dass ich nicht *alles* werden konnte, was ich wollte. Und dass der Satz „Mach einfach das, was dir Spaß macht" nicht weiter hilft. Ich meine, es macht mir auch Spaß Ploppfolie zu ploppen, und trotzdem ist das nicht mein Beruf.

Die zweite Enttäuschung erfuhr ich, als ich merkte, dass selbst die normalen Berufe nicht so spannend sind, wie man immer denkt. Ein Architekt spielt nicht den ganzen Tag Lego, sondern ist eher damit beschäftigt, Geld einzuklagen. Ein Professor steht nicht den ganzen Tag im Labor und macht *„Muahahahahahaha"* während er einer fleischfressenden Pflanze Skateboardfahren beibringt. Und ein Bauarbeiter baut nicht den ganzen Tag Sandburgen. Nein! Er sitzt auf einer Mauer, trinkt Bier und ruft: „Ey, *Chica*."
Und bei der dritten Enttäuschung merkte ich, dass man Berufe nicht erlernen kann, ohne ein ganzes Leben lang mit dem öffentlichen Bild des Berufs zu leben.
Obwohl doch die wenigsten bei der Ausbildung wissen, was sie später mal damit machen. Ich meine: Die Leute von *Unheilig* wollten bestimmt auch irgendwann mal Musiker werden ...

Die Arroganz, die Akademiker anderen Berufen gegenüber an den Tag legen, widert mich an. Meine Bachelorarbeit haben sich zwei Leute reingezogen, diesen Text hier allein an manchem Abend schon fünfhundert. Für mich ist er also mindestens zweihundertundfünfzig Mal so aufregend, und wenn Leute das anders sehen, ist mir das egal. Aber vielleicht komm ich ja mal bei denen im Labor vorbei. Dann sag ich: „Aha. Physik. Warum kenn ich denn nichts von dir? ... Du operierst. Und davon kann man leben?"

Oder: „Was bist du? Achterbahnfahrkartenkontrolleur? Ja, da schauen die Leute sicher blöd, wenn du dich ganz oben im Looping abschnallst, aufstehst und sagst: *Fahrkarten bitte*." Oder: „Schau mal, da vorne, die Putzfrau, die macht das bestimmt nur wegen der Kohle."
Aber hey, ich dreh mir mal ne Tüte, meine Fans haben nicht ewig Zeit. Wenn du ein lautes „Et voilà" hörst, lass dich nicht stören, ich bin schneller wieder weg, als du „Butterblume" auf Französisch sagen kannst.

Meinung

„Was“, fragst du, „was findest du schlimmer?“, während wir am Lagerfeuer sitzen und Stockbrot essen und es eigentlich gerade so angenehm war, weil der Pseudo-Gitarrist die Pseudo-Gitarre eingepackt hat, um seine Qualitäten als Pseudo-Liebhaber unter Beweis zu stellen.

„Musst du jetzt reden?“, denke ich, „es war doch gerade so harmonisch.“

„Ja“, sagst du.

„Oh, verdammt“, denke ich, „habe ich das gerade wirklich laut gedacht?“

„Ja“, sagst du.

„Also, was findest du schlimmer“, sagst du, „einen Vegetarier, der eine Slackline ohne Baumschutz spannt oder Leute, die Langstreckenflüge buchen, nur um Geld zu sparen?“

„Ganz ehrlich“, sage ich. „Ich hab da keine Meinung zu.“

Ja, wirklich. Ich hab da *keine* Meinung zu. Ich weiß ja selber nicht wieso. Vielleicht, weil ich noch nichts im Fernsehen darüber gesehen habe. Vielleicht, weil ich noch keine Ehe führe mit einer Frau, die mir vorschreibt, welche *eigene* Meinung ich darüber zu haben habe. Vielleicht fehlt mir ja auch einfach nur der Drive, meine Zeit damit zu verschwenden, Argumente abzuwägen zu einem Thema, das mir eigentlich völlig Wumpe ist.

Weißt du, ich würde ja gerne mit dir diskutieren, aber ich hab einfach keine Lust. Deshalb sage ich lieber – voller Stolz und Inbrunst – in dein Gesicht, dass ich keine Meinung habe! Ich hab keine Meinung zu *Slacklines*, ich hab keine Meinung zu *Langstreckenflügen*! Ich hab keine Meinung zu *Obama*, dem *Gaucho-Tanz* der *Nationalelf* oder *WhatsApp*. Echt. Von mir aus kann mir die *NSA* auch beim Wichsen zusehen. Dann wäre ich immerhin nicht so allein.

Ich hab keine Meinung dazu, wer männlicher ist: Markus Lanz oder Sarah Wagenknecht. Und wenn wir schon dabei sind, habe ich keine Meinung zum Thema Emanzipation. Hauptsache *ich* darf irgendwann mal Hausmann sein. Der Kinderwagen steht schon in der Garage, die Getränkehalter an der Seite für die Bierdosen sind montiert. Die Party kann losgehen!
Ich hab keine Meinung dazu, was cooler wäre: eine Sandwich-Maschine anstelle des Autoradios oder ein Navigationssystem mit der Stimme von Adolf Hitler. (Ich stelle mir das sehr lustig vor. „Nächste Ausfahrt ... RECHTS!")
Ich hab keine Meinung zu Stuttgart 21, solange die Stuttgarter nicht so tun, als wäre Stuttgart ohne Baustellen wirklich schön. Aber ich sehe mich jetzt schon in meinem Dachboden sitzen, die Geräusche des Juchtenkäfers imitierend, um den Abriss meiner Bude zu verhindern. (Daneben mein Kinderwagen mit Bierdosenhalter. Es wird 'ne gute Zeit.) *Ne ne ne*.
Ich hab keine Meinung zu Griechenland, solange die nie wieder die EM gewinnen. Ich hab keine Meinung zu Joachim Gauck als Bundespräsidenten, solange er die Fresse hält. Ich hab keine Meinung zum Mindestlohn, solange es immer noch den Ein-Euro-Döner gibt. Irgendwo da draußen ... in Berlin ... Ich muss nicht mal genau wissen wo. Ich muss ihn auch nicht probieren. Der bloße Glaube an seine Existenz gibt mir Hoffnung und Kraft!

Klar: Ich könnte jetzt so tun, als *hätte* ich eine Meinung. Mir deine – vermutlich wahllos zusammengekramten – Argumente anhören. Jedes von ihnen mit einem freundlich aussehenden Lächeln goutieren. An den passenden Stellen nicken. Und hier und da ein „Aha" von mir geben. Oder ein „Oho". Ein „Naja" oder ein „Aber, aber". Und schließlich hoffen, dass du dasselbe tust, wenn ich meine Grütze vom Stapel lasse, wobei ich dann hitzig werden und dich am Kragen packen könnte, damit du denkst, ich sei mit Herzblut bei der Sache.

Aber ich meine: Es ist so ein schöner Abend. Die Vögel zwitschern, die Flammen züngeln, Eichhörnchen kopulieren in den Bäumen. Und gerade jetzt, wo der Pseudo-Gitarrist aufhört, seine jämmerlichen Coverversionen jener Songs auszupacken, bei denen ich mir nie ausgemalt hätte, jemals zu denken: „Das Original war besser", sollten wir uns da nicht einfach zurücklehnen, tief durchatmen und den Sternen beim Stern-Sein zuschauen?

Sollten wir unser Gehirn da nicht einfach mal Gehirn sein lassen? Schau dir meine einjährige Schwester an. Die ist dumm wie ein Zwiebelkuchen und hat Speck an Stellen, da haben andere nicht mal Stellen. Aber die diskutiert auch nicht ständig mit ihrer Schnabeltasse, sondern erledigt lieber fleißig ihren Baby-Stuff. Die ist glücklich. Kein Wunder, dass sich viele Erwachsene wünschen, wieder ein Kleinkind zu sein, wenn sie mit ihrem voll ausgebildeten Gehirn nichts Besseres anzufangen wissen, als ständig irgendwelche bescheuerten Diskussionen zu führen, zu Themen, die ihnen eigentlich am Arsch vorbei gehen sollten wie ein sehr klein geratener 100-Meter-Sprinter.
Ich meine: Was ist denn so schlimm daran, wenn jemand sagt, dass er mal keine Meinung zu einem bestimmten Thema hat? Meinungen sind ja keine *Pokémon*, so nach dem Motto „Schnapp sie dir alle".
Bei Meinungen entscheidet auch nicht die Länge. Oder die Technik. Oder die Länge eben *nicht*. (So genau weiß man das ja nie.) Doch wenn ich meinen Kommilitonen so beim Diskutieren zuhöre, wünschte ich mir manchmal, sie würden sich einfach einen Jaguar vor die Haustüre stellen, um damit die Größe ihres Gehirns zu kompensieren. Schließlich diskutieren Leute, die einen Jaguar haben, *nie*. Ich hab das bei meinem Nachbarn selbst beobachtet. Wenn der irgendwo hinfahren will, zeigt er einfach auf seine Freundin und sagt: „Steig ein."
Wenn seine Freundin keine Lust hat, zeigt er auf die Frau daneben und sagt: „Dann eben du."

Manchmal sieht man ihn tagelang in seinem Auto sitzen und nichts anderes machen. Ich schmiere dann abends ein paar Brote und bringe ihm eine Wolldecke raus, mach ihm einen Tee und nehme ihn in den Arm, wenn er Tränen in den Augen hat. (Oder heitere ihn mit seinem *Custom-Adolf-H.-Navigation-System* auf.)
Aber diskutieren würde der trotzdem nicht.
Denn wenn man schon unbedingt eine eigene Meinung will, dann kann man sich diese nicht schnappen wie ein Pokémon, man muss sie sich bilden. Und das braucht Zeit. So wie Hipster werden. Da steht man ja auch nicht eines Morgens auf und denkt: „*Hm*. Läuft nix im Fernsehen, läuft nix im Kino. Alle meine Klamotten sind zu eng, und im Kühlschrank ist wieder mal nur Koks. Dann werd ich halt Hipster."
Nein, das ist ein fließender Prozess: Zuerst kommt ein Freund, der meint: „*Hey*, sieht echt dufte aus, dein ... lächerliches Matrosenjäckchen!" Dann kommt noch ein Freund und sagt: „*Hey*. Sieht echt dufte aus, dein ... lächerliches Matrosenhütchen!" Dann kommt noch ein Freund und sagt: „*Hey* ... Das war's auch schon."
Und irgendwann – nach Jahrzehnten des mühevollen Trainings – verbringst du deine Wochenenden damit, in Discotoiletten zu hocken und im Takt deiner *Lieblings-Indie-Roccabilly-Schmalz-Trash-Klassik-Ballade* mit *Baile-Funk*-Einflüssen an Senftüten zu nuckeln. Und diskutieren wirst du dann bestimmt nicht. Vielleicht – oder sagen wir – ziemlich wahrscheinlich, weil du einfach high bist oder geil oder beides. (Also *heil*.)

Vielleicht aber auch, weil du begriffen hast, dass *keine* Meinung zu einem bestimmten Thema zu haben nicht unbedingt bedeutet, dass man sich nicht damit auseinandergesetzt hat. Vielmehr ist es ja oft so, wenn man sich gut mit einer Sache auskennt, dass man mehrere Positionen dazu nachvollziehen kann.
Und dass Leute, die zu einem Thema eine ganz *eindeutige* Meinung haben, diese nur vertreten, weil sie gar nicht erst auf das Gegenüber eingegangen sind. Das sind oft dieselben Leute, die, wenn sie

einen anrufen, so viel reden, dass man das Telefon einfach neben den Hund legen kann, um dann duschen oder einkaufen zu gehen. Ich zumindest habe das früher immer so gemacht und kann das eigentlich nur weiterempfehlen. Wobei der Schuss irgendwann nach hinten losging: Eines Tages wollte der Hund vor dem Gassigehen wissen, wieso eigentlich immer ich *ihn* an die Leine nehme und nie umgekehrt. Und dann wollte er diskutieren ...
Ich rettete mich, indem ich ihm die Gitarre von der Wand holte und in die Hand drückte. Mittlerweile kann er schon *Hit Me Baby One More Time* und so ziemlich jeden größeren Hit von *Reamonn* spielen – also *Supergirl*. Wenn er glaubt, dass ich schlafe, diskutiert er mit dem Nachbarshund. Manchmal über *Obama*, manchmal über *Gauchos* und manchmal über den *Mindestlohn*. So genau weiß ich das nie. (Kann ja nur bellen.)
Jedenfalls bin ich froh um jede Minute, in der ich meine Ruhe habe, also bitte stell dir einfach vor, wir würden diskutieren.

Zweiundvierzig

Autor: „Aus all denen, in meinem Buch vorgelegten Gründen, schadet Rauchen der Gesundheit.“

Antwort 1: „Ich mag den nicht.“

Antwort 2: „Sie rauchen doch *selber*!“

Antwort 3: „Genau! Wenn das, was Sie sagen, stimmt, schaden *Sie* also der Gesundheit. Und wenn nicht ... schließe ich mich *Antwort 1* an.“

Antwort 4: „Zucker schadet auch der Gesundheit.“

Antwort 5: „Wir müssen alle umdenken! Es ist nämlich nicht der *Rauch*, der der Gesundheit schadet, sondern der *Teer in dem Rauch*.“

Antwort 6: „Wir sollten uns die Frage stellen, ob Gesundheit überhaupt *gut* ist. Wahrscheinlich brauchen wir neue Werte. Schließlich liegt es an uns Menschen, ob wir gesund sind oder nicht.“

Antwort 7: „Also mir macht Rauchen Spaß.“

Antwort 8: „Endlich sagt's mal einer!“

Antwort 9: „Zigaretten sind jetzt ein Teil unserer Welt. Deshalb macht es keinen Sinn zu sagen, dass Rauchen unserer Gesundheit schadet. Wir müssen uns mit dem Rauch auseinandersetzen. Je früher man damit anfängt, desto besser.“

Antwort 10: „Am besten schon im Kindergarten."

Antwort 11: „Ich selbst bin Mutter von neun Kindern. Und ich muss sagen, ich bin ganz froh, wenn die Kinder rauchen. Dann machen sie wenigstens nichts Schlimmes. So wie Mobbing. Oder ADHS kriegen."

Antwort 12: „Hört dieser Frau zu, sie hat Kinder!"

Antwort 13: „Kinder sind unsere Zukunft!"

Antwort 14: „Mein Kind kann schon krabbeln."

Antwort 15: „Lassen wir die Jugendlichen doch *selbst* entscheiden. Ich finde, jemand der seit dem dritten Lebensjahr Kette raucht, wird mit 18 ja noch in der Lage sein, *selber* zu bestimmen, ob er Lungenkrebs bekommt oder nicht. Unser aller Freiheit steht hier auf dem Spiel! Und die Grundfeste der Demokratie!"

Antwort 16: „Oh nein! Die Demokratie!"

Antwort 17: „Prof. Dr. Olof Dreijer – der Chef vom Institut für Tabak und Party – hat gesagt, dass Rauchen *nicht* der Gesundheit schadet. Und wenn *der* das sagt, wird das ja wohl stimmen."

Antwort 18: „Der Autor der Aussage *Rauchen schadet der Gesundheit* arbeitet an einigen Stellen nicht wissenschaftlich."
Autor: „Und wo sind *deine* Quellen?"
Antwort 18: „Sag ich nicht."

Antwort 19: „Hallo. Ich bin ein Politiker. Bevor ich meinen Vortrag beginne, möchte ich mich bei der hessischen Milchkönigin bedanken ..."

Antwort 20: „Hallo. Ich bin ein Bundespräsident. Das ist ja eine tolle Debatte!"

Antwort 21: „Hallo. Ich bin Angela Merkel. Ich halte den Bundespräsidenten für wichtig und werde mich noch nicht zu dem Thema äußern, da die anderen EU-Länder auch nichts gesagt haben. Mein Innerstes sagt mir nur: Wer weiß."

Antwort 22: „Ist der Autor denn verrückt? Rauchen ist *Technologie*! Wer sagt, dass Rauchen ungesund ist, ist *technologiefeindlich*. Die *Grundsätze* unserer Gesellschaft stehen auf dem Spiel."

Antwort 23: „Hat da jemand *Juden-Gen* gesagt?"

Antwort 24: „Hat da jemand mit einem Juden-Gen *Kopftuchmädchen* gesagt?"

Antwort 25: „Ja, leck mich fett! Alles ist im Wandel!"

Antwort 26: „Rauchverbot in Kinos? Rauchverbot in Hörsälen? Wie soll das denn funktionieren?"

Antwort 27: „Rauchverbot in Zügen? Rauchverbot in Krankenhäusern? Mit dem Grundgesetz lässt sich das aber nicht vereinbaren."

Antwort 28: „Ich. Kann. Diese. Ewigen. Diskussionen. Zum. Thema. Rauchen. Nicht. Mehr. Hören. Weil ich soeben einen Gehörsturz erlitten habe."

Antwort 29: „Mein Opa rauchte jeden Tag zwei Schachteln *Roth-Händle* und wurde siebzig Jahre alt."

Antwort 30: „Das ist ja noch gar nichts! Mein Opa rauchte jeden Tag drei Schachteln *Roth-Händle*. Er wurde zwar nicht siebzig aber dafür sechzig. Immerhin."

Antwort 31: „Don't be a maybe. Be a be. *Hex hex*!"

Antwort 32: „Hat da jemand *Snoop-D-O-Double-Shizzle* gesagt?"

Antwort 33 *(langsam)*: „Die Zusammenhänge sind doch sowieso sooo komplex und unüberschaubar. Wenn hier ein Schmetterling mit den Flügeln schlägt, fällt in China ein Sack Reis um ... Ein Cheeseburger in Europa ist woanders vielleicht nur ein gewöhnlicher Whopper ... In den USA gibt es eine Fastfood-Kette, die *Wienerschnitzel* heißt und *Hot Dogs* verkauft ... Wer weiß da schon, ob Rauchen wirklich schlecht ist für die Gesundheit."

Antwort 34: „Wer seine Zigarette *besonders kompetent* raucht, der sollte jedenfalls nichts befürchten."

Antwort 35: „Hat da jemand Homo-Ehe gesagt?"

Antwort 36: „Nein. Und jetzt geh endlich schlafen, *Kopftuchmädchen*."

Antwort 37: „Ach. Ich glaube, der Autor mag Zigaretten einfach nicht. Sonst würde er so etwas doch nie behaupten."

Antwort 38: „Er zitiert auch nur Studien, die seine Ansichten untermauern. Dann kann sie doch nicht stimmen."

Antwort 39: „Stimmt. Der *Erfinder* der Zigarette jedenfalls macht einen sehr gesunden Eindruck auf mich."

Antwort 40: „Genau. Denn wenn Rauchen ungesund macht, wieso sind dann so viele Menschen gesund?"

Antwort 41: „Der Autor schürt doch nur die Angst der breiten Masse!“

Antwort 42: „Endlich darf ich auch mal was sagen.“

Wissen und Glaube

Ich bin ja kein Fan von Halbwissen. Und wenn jemand sagt „Wissenschaftler haben herausgefunden, dass …“, kann mir das im besten Fall ein müdes Lächeln abringen.
Ein Kumpel von mir hat sich im Internet für 200 Dollar einen Doktortitel in *parapsychologischer Gospelkunde* gekauft. Würdest du ihm glauben, wenn er sagte, es gäbe eigentlich keine Kamele und alle Kamele, die man so sieht, wären verkleidete Statisten, die durch die Gegend laufen, weil sie von den Freimaurern dafür bezahlt werden? Oder, dass man Erdbeerkäse essen muss, „weil da sind ganz viel Vitamine drin“? Eben.

Aber als ein anderer Kumpel letztens einen Satz von der Leine ließ, horchte ich auf. Er sagte: „Ich glaube ja nicht an Ernährung.“
Aha, dachte ich. Du glaubst also nicht an Ernährung.
Ich *persönlich* finde ja den Gedanken, wenn man irgendwo etwas reinsteckt und es in völlig veränderter Form auf der anderen Seite wieder rauskommt, und die Schlussfolgerung, dass dazwischen irgendwas damit passiert sein muss, nicht besonders esoterisch.
Nehmen wir zum Beispiel ein Spermium und ein Baby. Ich lehne mich mal weit aus dem Fenster und sage, dass es da durchaus einen Unterschied gibt: Das eine ist niedlich und faszinierend. Und das andere ist ein Baby.
Ein Spermium passt durch meinen Penis. (Zumindest in die eine Richtung, in die andere habe ich es noch nicht versucht.) Bei einem Baby klingt das nach einer ziemlich abgedrehten Wette. Ich meine: Klar, für einen Zehner würde ich es versuchen. Aber Spaß hätte ich dabei sicher nicht!
Du kannst mir doch nicht erzählen, dass es keinen Unterschied macht, ob ich jeden Tag einen Apfel, zwei Eier und einen Salat esse

oder einfach drei Riegel Butter. Wie wissenschaftsfeindlich kann man sein?
Das ist ja, als ob jemand sagen würde: „Ich glaube nicht an ... rote Hosen." Und jedes Mal, wenn ich ihm eine rote Hose zeigen würde, würde er sagen: „Ja, *die* ist halt Zufall. Zu jeder Studie gibt es eine Gegenstudie."
Das ist übrigens auch so ein Satz, bei dem sich die Leute dann immer ganz besonders clever vorkommen. Aber wenn jemand sagt: „Rauchen ist gut für die Gesundheit", dann macht das doch einen Unterschied, ob das ein Professor aus Harvard ist oder vom Institut für Tabak und Party.

Ich finde es bedenklich, wie viele Leute studieren, aber offensichtlich überhaupt keine Ahnung davon haben, was Wissenschaft bedeutet. Die denken, das bedeutet, dass *irgendwelche Leute Milliarden* Euro kriegen, um *irgendwas* zu machen. (Zum Beispiel: *„Muahahahahahaha"*.)
Diesen Leuten sei gesagt: Nur, weil *ihr* nicht neugierig seid und nicht mehr wissen wollt, als das, was ihr den ganzen Tag so seht, heißt das noch lange nicht, dass es allen anderen auch so geht. Wenn ihr ein Selfie macht, das in einer Millisekunde einmal quer durchs Weltall fliegt und wieder zurück, seid ihr doch auch glücklich.
Noch vor wenigen Jahren sind Leute an Karies gestorben. Und heute teilt ein Kumpel von mir bei *facebook* einen Artikel von irgendeinem Spasti, der davon handelt, wie schlecht Zahnpasta für die Zähne ist. In dem Artikel steht: „Der eigentliche Grund dafür, dass Zähne kaputt gehen, ist die tägliche Verwendung von Zahnpasta. Zahnärzte *wollen*, dass man Zahnpasta verwendet, damit man kaputte Zähne bekommt und möglichst oft zum Zahnarzt geht."
Klar. Das ist, wie wenn du jeden Tag einen Riegel Butter isst und dick wirst und sagst: „Ich glaube ja nicht an Ernährung. Ich glaube ... der Riegel Butter will, dass ich dick werde. Dick wie ein

Blobfisch. So dick, dass ich nichts mehr in meinen Mund hinein bekomme, außer eine dünne Scheibe Butter, weil ich sonst mein Essen mit der Haut schlucken müsste. Wie eine Amöbe." Logo. Natürlich gibt es Zahnärzte, die die größten Trottel sind. Aber daran ist doch nicht die Medizin schuld. Ich hatte in der Schule auch nur uncoole Religionslehrer. Aber trotzdem würde ich nicht sagen, Religionslehrer wären weinerliche, untervögelte, hinterhältige, dumpf- und pausbäckige, Cordsakko tragende, personifizierte Müsliriegel. Auch wenn's stimmt. Wirklich, ich würde das niemals sagen!

Wenn du heute sagst: „Ich fliege jetzt von München nach Berlin!", sagen die Leute: „Cool, was zahlst du?" Noch vor hundert Jahren hätten sie gesagt: *„Hex! Hex!"*, und dich einfach verbrannt.
Und dann sagst du, du glaubst nicht an die Wissenschaft. Nur weil *irgendeine* Tante von dir mal irgendwann ein falsches Medikament verschrieben bekommen hat. Nur weil Kaugummihersteller die Wissenschaft missbrauchen und irgendwelche absurden Grafiken auf die Rückseite ihrer Packung drucken, wo man dann einfach eine Kurve sieht, die nach oben zeigt – und kein Mensch weiß, was das symbolisieren soll, weil die Achsen nicht beschriftet sind.

Dann doch lieber Fun-Facts, gell? Unnützes Wissen. Quiz-Duell. Und Gehirnjogging. Wenn es bei einem Preisausschreiben heißt:
Wie nennt man einen höflichen Mann:
a) Gentleman b) Spiderman.

Das ist Wissen, gell? Alles andere sind nur irgendwelche „Zusammenhänge" und „Behauptungen" von irgendwelchen Leuten in irgendwelchen „Instituten", die Mathe machen, etwas das mit der Realität sowieso nichts zu tun hat.
Klar, dein Kontoautomat könnte dir Auszüge auch vorsingen. Und dazu würde dann ein Duft-DJ die heißesten „Smells" aus Berlin auflegen. Dann würdest du wahrscheinlich große Augen machen.

So wie ich, wenn mir täglich dieser *Crap* entgegenpeitscht! Wenn Leute denken, man könnte etwas mit einem *Beispiel* beweisen. Oder, dass ich den Einwand „Also ich kann mir das einfach nicht vorstellen ... Wie soll das denn bitte gehen?" als Argument akzeptieren soll. Ach, du kannst dir das *einfach nicht vorstellen?* Ja, tut mir leid. Dann kann es ja nicht stimmen! (*Forsch-ung* kommt ja auch von *Forsch-tellen* ... Ich kann mir so manches nicht vorstellen. (Zum Beispiel einen unendlich dimensionalen Vektorraum. Oder Angela Merkel beim Kacken. (Wobei ... von einem unendlich dimensionalen Vektorraum hätte ich eine grobe Idee. (Ein Kommilitone von mir hat mal gesagt: Ein unendlich dimensionaler Vektorraum ist auch nur ein elfdimensionaler Vektorraum mit Elf gleich Unendlich. (Mist, viel zu viele Klammern.)))))

Das ist übrigens auch der große Unterschied zwischen Obama und Bush. Klar, Obama ist nicht der große Heilsbringer. Obama kann nicht Feuer speien und Hilfspakete scheißen. Aber er ist zumindest mal nicht wissenschaftsfeindlich. Bush hat nicht einmal an Dinosaurier geglaubt. Für ihn waren Dinosaurier genauso real wie die Glücksbärchen.

Wissenschaft bedeutet nicht, dass man alles erklären *muss* und dass man nicht mehr glauben *darf.* Wissenschaft bezeichnet den Erkenntnisgewinn aus einer Mischung aus quantitativer Datenanalyse und logischer Schlussfolgerung. Alles andere sind Behauptungen. Und ich behaupte mal, dass die zwar auch irgendwie schön sein können, aber keine Wissenschaft sind. Und wehe dir, wenn du mir das jetzt nur deshalb glaubst, weil ich es behauptet habe.

Bist du schon drin?

Alle Muskeln Ihres Körpers sind vollständig entspannt.
Alle Muskeln Ihres Körpers sind vollständig entspannt.
Alle Muskeln Ihres Körpers sind vollständig entspannt.
Alle Muskeln Ihres Körpers sind vollständig entspannt.

Sie schließen die Augen. Und öffnen die Augen.
Sie schließen die Augen. Und öffnen die Augen.
Und jetzt öffnen sie die Augen noch einmal. (Kleiner Scherz.)
Sie schließen die Augen. Und öffnen die Augen.

Das – meine Damen und Herren – nennen wir blinzeln.

Ich möchte nun, dass Sie sich das Glück *ganz fest* vorstellen.
Stellen Sie sich das Glück *ganz fest* vor.
Nehmen Sie nun das Glück an die Hand.
Nehmen Sie Ihr kleines, privates Glück an die Hand.
Sagen Sie: *Komm mit, Glück! Komm komm.*
Und entführen Sie das Glück an Ihren Lieblingsort,
wo die Okapis grasen und Schmetterlinge nicht fliegen, als hätte ihr Pilot Parkinson.
Wo Trauerweiden den Entertainer auf einer Marimba spielen.
Und Angela Merkel einen Handstand macht.

Und Sie werden feststellen, dass Sie selber das Glück sind.
Ja. Sie sind das Glück, ich bin das Glück. Wir alle sind ... das Glück.
Und die Lösungen der Probleme ganz tief in uns drin.
Um sie zu finden, müssen wir *tief* in uns rein gehen.
Tief in uns rein. Tief in uns rein.

Immer hereinspaziert!
Einfach hereinschnuppern.
Und dann wieder herausschnuppern.
Reinschnuppern und rausschnuppern.

Wiederholen Sie die folgenden Worte:

Ich bin eine Discokugel.
Ich bin eine Discokugel.
Ich bin eine Discokugel.
Ich bin Discokugel.

Merken Sie, wie einfach das geht?

Manchmal ist die Lösung nur eine Klangschale entfernt.
Eine Klangschale, ein Lächeln, eine Tasse Tee oder mein 4-teiliges DVD-Set für 89 Euro mit dem Titel: *Bist du schon drin?*

Koblenz

Koblenz, Koblenz.
Du bist so toll.
Koblenz, Koblenz.
Ich mag dich voll.

Ich mag dich im Sommer,
ich mag dich im Winter.
Und ein Jahr später
mag ich dich auch noch im Winter.

Du hast diese Burg.
Und auch diesen Fluss.
Dann diesen Turm,
den man gesehen haben muss.

Diese netten Cafés.
Und auch noch so Gässchen.
Idyllische Seen,
historische Schlösschen.

Wo es Schlachten gab,
die ziemlich wichtig waren.
Für die Geschichte und so.

Ja, Geschichte, das war doch
das mit Bismarck und Nofretete.
Keine Ahnung, ich hatte da,
glaub ich, immer Nasenbluten.

In Köln gibt's Kamelle,
in Salem gibt's Affen.
Doch wenn du's nirgendwo schaffst,
Kannst du's hier schaffen!

Koblenz, ach, Koblenz.
Ein Hoch auf dein Flair!
Ich sage: „Koblenz."

Und alle so: „Yeah."

Die totale Stagnation

Ich bin im Schnitt alle drei Jahre umgezogen. In nur einer einzigen Stadt verbrachte ich ein ganzes Jahrzehnt. Und diese Stadt war ausgerechnet Ulm.
Meine persönliche Pro-Contra-Liste *Ulm* lautete wie folgt.

Contra: Die Menschen, das Wetter, die Stadt, das Essen, der Geiz, die Sprache, Spätzle, Spatzen und Schupfnudeln.

Pro: Ich bin schon da.

Ich hasste Ulm. Ich meine, die wenigsten deutschen Städte sind cool. Bayreuth ist nicht cool. Koblenz ist nicht cool. Da spricht auch niemand von einem Flair. Einen Satz wie „Klasse, Schwabach. An meinen Busen, du gute Mutter!“ hört man in seinem Leben vielleicht einmal.
Aber Ulm ist nicht nur *nicht* cool. Nein, Ulm ist die totale Stagnation. Ulm ist der Tod. So als bräuchte die Leere des Weltalls eine irdische Stadt als Botschaft. Man sieht es in den Blicken der Menschen. Dieses Glasige, Hohle. So als dächten sie nichts außer: *Uuuuuulmm.*

Es gibt niemand, der in Ulm sitzt und etwas besonders gut kann. Wenn jemand aus Ulm oder Biberach oder Jungingen es mal in den Recall von *Deutschland sucht den Superstar* schafft, sieht man danach 200.000 Schwaben Autokorso machen.

Die Ulmer sind stolz auf ihre Sparsamkeit. Und darauf, diese Sparsamkeit auf ihre Gastfreundschaft anzuwenden. Dabei gibt es nichts Uncooleres als Sparsamkeit. Geld ist zum Ausgeben da und nicht dazu, dass man damit den Keller auffüllt und jeden Morgen ein Bad darin nimmt mit den Worten: „*Muahahahahahaha,* alles meins!" Niemand mag sparsame Menschen. (Außer meine Oma.) Im *Herr der Ringe* zum Beispiel haben wir einmal Frodo, der den goldenen Ring ein bisschen spazieren tragen und anschließend ausgeben will. Und dann haben wir Gollum, der den Ring behalten und sich damit in eine Höhle zurückziehen will, um ihn den ganzen Tag anzuschauen und zu streicheln.

Natürlich muss das jeder selber wissen. Es kann bestimmt erquickend sein zu sparen. Dann kann man immer Sachen sagen wie: „Ratet mal, woher ich diesen Wein habe? Vom Aldi." Oder: „Das Kleid hier habe ich selber genäht. Ich meine, es sieht aus wie ein Haufen Scheiße und juckt am ganzen Körper, aber bei der Wolle habe ich ein echtes Schnäppchen gemacht!" und *Reclam*-Bücher lesen und Käse kaufen in einzelnen, abgepackten Scheiben, die wie Knete schmecken.

Und irgendwann machst du in den Sommerferien eine Radtour an den Bodensee und begnügst dich mit dem Gedanken, dass du ja *theoretisch* drei Stunden vom Lago Maggiore entfernt wohnst. So wie du ja auch *theoretisch* um höchstens acht Ecken mit George Clooney verwandt bist, obwohl er trotzdem große Augen machen würde, wenn du eines Tages mit verheulten Augen bei ihm auf der Matte stündest und sagtest, du hättest Liebeskummer und bräuchtest da einfach mal ein bisschen *Quality Time* mit deiner *Family*.

Theoretisch hat jeder Mensch auf diesem Planeten ein Atom von Adolf Hitler in seinem Körper. Und eins von Mutter Teresa.

Theoretisch sind wir alle potentielle Kinderschänder und verhinderte Milliardäre. Denn das ist ja der Unterschied zwischen Theorie und Praxis: dass in der Theorie beides dasselbe ist, in der Praxis aber nicht.

Dann bist du froh, wenn du beim Wochenendspaziergang Bärlauch findest.

Und dann bist du ein Ulmer, stolz auf das Ulmer Münster, das bestimmt auch nur so groß ist, weil die Architekten an irgendwas

sparen mussten, vielleicht am Himmel über der Stadt. Und du erzählst überall, in Ulm sei kulturell voll was los, da würde jeden Tag die Kuh durch den Käse fliegen. Es gäbe den Schneider von Ulm. Oder den Ulmer Spatz, die Donau oder den Geburtsort Albert Einsteins.
Aber der Reihe nach.

Der Schneider von Ulm wurde berühmt, weil er behauptete zu fliegen, aber abstürzte.

Albert Einstein wurde zwar in Ulm geboren, zog jedoch im Alter von einem Jahr weg, weil er es nicht mehr aushielt. (Er war ja nicht umsonst der klügste Mensch auf dem Planeten.) Die Donau, auf die Ulmer auch so stolz sind, ist zwar der längste Fluss Europas. Aber ich frage mich: Wenn der *hässlichste* Abschnitt eines Flusses durch deine Stadt fließt, ist es dann besser oder schlechter, wenn es sich dabei um den längsten Fluss Europas handelt?

Und die Legende zum Ulmer Spatz geht wie folgt: Bauarbeiter des Ulmer Münsters wollten einen großen Balken quer zum Torbogen hinein tragen, stießen damit aber seitlich an den Rahmen, was an sich schon dämlich genug ist. Nehmen wir mal an, ich wollte ein Baby zurück in die Vagina pressen wollen, dann würde ich das ja auch nicht quer versuchen, sondern mit dem Kopf oder den Füßen zuerst.
Jedenfalls sahen sie dann – der Verzweiflung nah – einen kleinen Spatz, der einen langen Halm in den runden Eingang seines Vogelhäuschens friemelte. Und zwar nicht quer, sondern mit der Spitze zuerst. Von diesem Tage an stand dem Bau des fast zweihundert Meter hohen Kirchturms nichts mehr im Weg. Seitdem gibt es das Sprichwort: *Und so wie der Spatz, so gscheit, sind auch alle Ulmer Leut.*
Ich muss das an dieser Stelle noch einmal betonen: *Die Ulmer sind stolz darauf, so schlau zu sein wie ein Spatz.* Die Ulmer geben damit an, ein *Spatzenhirn* zu haben. *Ein Spatzenhirn.*

Und wirklich, das Einzige, was Leute außerhalb Ulms von Ulm kennen, ist der Spruch: *In Ulm und um Ulm und um Ulm herum*. Und das ist ja so ziemlich der dümmste Spruch aller Zeiten. Dieser Spruch sagt nicht einmal irgendwas. *Ah, in Ulm und um Ulm und um Ulm herum*. Was soll das bedeuten? Das ist nicht einmal ein Zungenbrecher. Man muss schon ziemlich spröde sein, um sich daran die Zunge zu brechen. Dazu braucht man quasi einen Granitriegel im Mund. *In Ulm und um Ulm und um Ulm herum*. Sogar ein Spatz kann das aussprechen. Und trotzdem ist das noch besser als schwäbisch.

Schwäbisch, das Ulmer Schwäbisch, ist der schlimmste Dialekt, den es gibt. Jede Silbe klingt wie das Gefühl, das man bekommt, wenn einem in der Fußgängerzone eine Horde speckiger Frauen passiert, die gerade einen Junggesellinnenabschied feiern. Schon beim ersten Klang sehne ich mir einen Meteor herbei, der die ganze Region platt macht. Muss ja nicht so groß sein wie der letzte, bei dessen Einschlag eine Staubwalze über den gesamten Erdball geschoben wurde und alle Dinosaurier dem Erdboden gleichmachte. Noch heute kann man den Krater auf einer geographischen Deutschlandkarte erkennen. Kein Witz. Der Wille war also da. Aber die Schwaben überlebten.
Und nichts gibt einem die Hoffnung, dass sich das bald durch ein Godzilla-ähnliches Wesen ändern wird, einen radioaktiv verstrahlten Maulwurf oder einen schwäbischen Bauern, dem ein verrückter Wissenschaftler ein menschliches Gehirn eingepflanzt hat. Der dann auf das Münster hochklettert, sich auf die Brust trommelt und laut irgendwas auf Schwäbisch ruft. Zum Beispiel: *So ischs Läben, mal ischs bergig, mal ischs äben!* Oder irgendein anderes schwäbisches Sprichwort, das übersetzt so viel bedeutet wie *Eins gleich Eins.*

Aber auch, wenn ich Ulm verfluche, für meine Kreativität war es sicher nicht das schlechteste Umfeld. Es ist nämlich ein weitverbreiteter Irrtum, dass ein kreatives Umfeld auch für Kreativität sorgt. Du gehst ja auch nicht an ein Buffet und fängst an zu kochen.

Versteht mich nicht falsch, ich mag Ulm trotzdem nicht. Und ich kann immer noch nicht verstehen, wieso es mich dahin verschlug, wo es doch so viele schöne Städte gibt in Süddeutschland – Freiburg, Heidelberg, Tübingen, Stuttgart, Bamberg, Würzburg, Regensburg, Passau und *nicht* Augsburg.
Aber auf meine Schaffenswut wirkte diese Stadt wie eine Gefängniszelle, die Häftlinge dazu bringt, eine kleine Geige aus Fingernägeln zu basteln. Auch wenn der gemeine Ulmer natürlich nicht empfänglich ist für Komplimente dieser Art.

Der Text gegen Sprache

Als eine Freundin zu mir letztens sagte: „Mann, du postest echt nur Scheiß“, und ich antwortete: „Alter. Das ist post-ironische Online-Perfomance-Kunst“, war sie still.
Und ich musste mir einmal mehr die Frage stellen, wieso Sprache so verdammt wichtig ist.
Wieso regen sich Leute auf, wenn man Kommaregeln nicht beherrscht oder Formulierungen wie „auf keinsten“ verwendet? Wieso finden es Leute witzig, dass Mesut Özil redet wie ein Fisch, obwohl es doch schon schlimm genug sein muss, wie einer auszusehen?
Sich über andere Menschen lustig zu machen, weil sie eine andere Hautfarbe haben oder eine Frau sind oder generell kein Mathe können, ist out. Aber wenn die Leute denken, ein „Genitiv“ sei das tiefhängende Genital eines Kleinwüchsigen, lacht ihr sie aus.

Jetzt passt mal auf: Mir ist Sprache scheißegal.

Natürlich mache ich mir damit jetzt keine Freunde. Gerade bei Poetry Slams, wo das Publikum zur Hälfte aus Germanistikstudenten besteht und zur anderen aus den sogenannten Kulturfrauen, die sich die Haare lila färben und den ganzen Tag nichts anderes machen, als Tamburin spielen und Traumfänger flechten.
Aber wenn es nach mir ginge, würde ich alle Mails nur noch mit „hdgdl bussi 4eva“ unterzeichnen. Von mir aus könnten wir auch mit Rauchzeichen kommunizieren. Ich bin mit Handys aufgewachsen, die so scheiße waren, dass es bequemer war zu schreien. Aber die hatten *Snake!*
Alle jammern immer über den Verfall der Sprache. Als würde die Welt untergehen, nur weil jemand dreimal „Babo“ sagt. Wenn das so einfach wäre, hätte ich es schon längst getan! Außerdem verstehe

ich nicht, wieso man von einem Verfall spricht, wenn immer neue Wörter dazu kommen: *Totale Gönnung. Swaghetti.* Oder *YOLTE – You only live till Elternsprechtag.*
Wusstet ihr, dass Shakespeare angeblich zehn Prozent seiner Wörter erfunden hat? Dagegen ist *Moneyboy* gar nichts. Und trotzdem bin ich ihm dankbar dafür, dass er den Jugendlichen hilft, die Sprache immer wieder neu zu entdecken.
Wollt ihr allen Ernstes wieder so reden wie im Mittelalter? Sagt ihr lieber „Wat en frouwe wohl geboren!" oder „Woa, fuck, ist das ne geile Bitch. Ne richtige Torte. Welch edles Gestüt."

Als ich mein erstes Gedicht auf einem Poetry Slam vorgetragen habe, kamen danach Leute zu mir her und meinten: „Ja, prinzipiell nicht schlecht. Aber da war leider ein unreiner Reim dabei."
Damals hab ich zitternd mit dem Kopf genickt, weil ich einfach nur froh war, den Auftritt überlebt zu haben, ohne dass die Leute mit Salatköpfen nach mir warfen und riefen: „Nieder mit dem Narr!"
Aber mittlerweile denke ich mir: „Was für ein undankbarer Bastard. Was für ein *erbsenzählender, flachwichsender, pfennigfuchsender* Schamhaarspalter."
Ich geh da auf eine Bühne und rede fünf Minuten über die unerwiderte Liebe ... mit *Star-Wars*-Metaphern. Ich schütte mein Herz aus. Ich kaspere mir wirklich einen ab. Und dann so was?
Sehe ich aus wie ein *schwules Einhorn*? „Oh, mein Reim war nicht rein. Ich Schlammblut! Ich Versager, wäre ich doch nur ein *Vers-Sager.*"
Das interessiert mich nicht! Für mich ist Sprache wie ein Auto: Es ist mir scheißegal, wie das Ding aussieht. Oder ob der Rückspiegel ein Stück Schinken ist, das von der Decke hängt, weil der Typ auf der Rückbank, den ich übrigens nicht kenne, so ein dickes Gesicht hat, dass es ihn komplett ausfüllt. Hauptsache das Ding bringt mich von A nach B.

Von mir aus würde ich mich auch nackt auf eine Bühne stellen, eine Wunderkerze in mein Penisloch stecken und Hieroglyphen tanzen, wenn ich damit meine Gedanken übertragen könnte. Aber das wäre dann nicht Poetry Slam, sondern modernes Theater. Beim Poetry Slam ist es verboten, also ziehe ich mir eine Hose an und rede.

Dabei ist Sprache so ungenau. Zwei Beispiele: Die Wörter „Kosten" und „Unkosten" bezeichnen dasselbe. Was ist denn eigentlich los? Wie kann die Verneinung von einem Wort dasselbe bedeuten wie sein Gegenteil?
„Mama, ich will ein Haustier."
„Was willst du denn?"
„Vielleicht ein Shetlandpony, vielleicht auch eine Anakonda. Weiß auch nicht. Vielleicht auch das eine gefüllt mit dem anderen, quasi zwei in eins."
Zweites Beispiel: In Interviews wird oft die Formulierung „Ich habe eine Schwäche für ..." verwendet. Zum Beispiel: „Ich habe eine Schwäche für Kochen." Was so viel bedeutet wie: „Ich koche gerne." Oder: „Ich koche oft. Also ist Kochen meine Stärke."
Wie kann ein Wort zwei gegensätzliche Bedeutungen haben?
„Zwei plus zwei ist manchmal vier, manchmal auch null. Je nach Kontext."
„Eine Mundharmonika bezeichnet manchmal ein Instrument, manchmal aber auch eine bärtige Monika."
Das ist ja fast wie beim Wetterbericht, wenn es heißt: „Das Wetter ist vorübergehend leicht unbeständig." Was letztlich gar nichts bedeutet. „Das Wetter ist unbeständig" heißt ja schon im Prinzip nichts anderes als „Ich habe keine Ahnung, wie das Wetter wird". Wenn man jetzt sagt: „Das Wetter ist leicht unbeständig", heißt das: „Ich habe keine Ahnung, wie das Wetter ein bisschen wird." Und „vorübergehend" bedeutet dann: „Ich habe keine Ahnung, wie das Wetter ein bisschen wird, weiß aber auch nicht, wie lang das noch so bleibt." Aber sprachlich top! Da bekommt man eine Eins mit Sternchen

und drei Marienkäfer-Bonuspunkten für Schönschrift und gutes Benehmen, du *Spast*.

„Schatz, hast du mich betrogen? Mit Mundhaar-Monika?"
„*Äh.* Ich habe vorübergehend leicht ab und zu mit meinem Penis ihre Vagina ... Ich möchte mal sagen ... nennen wir es ... touchiert. Aber nur mal kurz *reingedippt* für den *Taste*."
Würde es das besser machen? Nein. Es ist zweifelsohne wichtiger etwas zu *sagen*, als zu *reden*.
Und wie könnte man das besser demonstrieren, als mit einem Text gegen Sprache?

Ich für meinen Teil fände es sehr versöhnlich zu wissen, dass jeder Sonderschüler so viel sagen kann wie der gelernte Philosoph und eben nicht auf ein Bildungssystem angewiesen ist, das sich seit drei Jahrzehnten im freien Fall befindet.

Der soziale Notnagel

In der Schule kann man nicht viel machen, um gesellschaftlich anerkannt zu werden. Die Möglichkeiten sind begrenzt. Du musst entweder sportlich, cool, hübsch *oder* witzig sein, sonst bist du gefickt.

Das erklärt für mich, wieso attraktive Menschen oft weniger humorvoll sind.

Klingt verbittert, ist aber nur eine analytische Feststellung, eine Korrelation ohne kausale Verknüpfung, ermittelt ganz unabhängig von der Tatsache, dass ich verbittert bin.

Ich sage nicht: Attraktive Menschen können nicht witzig sein. Ich sage nur, dass es eine subjektiv empfundene Korrelation gibt zwischen Attraktivität und einem umgekehrt proportional ausgeprägten Humorverständnis.

Überleg doch mal: Gibt es schöne Comedians? Nein. Die meisten Komiker sehen aus als hätte man die Abfälle einer Schönheitschirurgie zu einem sprechenden Wesen verknotet, einem Golem aus Fleisch, das im Olympiastadion Witze über seine Freundin macht.

„Was ist mit Brad Pitt, George Clooney und Johnny Depp?“, könnte man fragen. „Die haben auch Humor.“ Ja, aber stell dir mal Captain Jack Sparrow vor und ersetze ihn durch einen übertrieben hässlichen Menschen – zum Beispiel Sigmar Gabriel.

Würde sich den irgendein Mädchen übers Bett hängen? Nein, alle würden kreischend davon rennen und sagen: „Igitt, Sigmar Gabriel.“

Im Grunde ist Humor also etwas Trauriges, der soziale Notnagel, an den man sich hängt, wenn nichts anderes mehr geht. Eigentlich müsste man weinen, wenn jemand etwas übertrieben Originelles

oder Witziges sagt. Und sich dabei denken: Was musst du nur für ein armer, trauriger Mensch sein, um so einen guten Humor zu haben!
Und man müsste sich freuen, wenn jemand etwas extrem Plumpes sagt, weil man wüsste: Dieser Mensch muss sehr glücklich sein, sozial integriert, sportlich und cool, sonst hätte er nicht so einen beschissenen Humor.
Denn einen guten Humor entwickelt man nicht einfach so, aus Spaß. Das ist die letzte soziale Nische, in die man sich zu quetschen versucht, wenn der Pimmel klein und die Nächte länger werden.

Es ist also wirklich nicht schlimm, *keinen* guten Humor zu haben. Das ist wie beim Kleidungsstil: Ein paar wenige haben einen eigenen Kleidungsstil. Sehr viele kopieren sich irgendwas zusammen, ohne damit den Modemarkt zu revolutionieren, aber auch ohne dass sich jemand bei ihrem Anblick denkt: Igitt, Sigmar Gabriel!
Und wieder ein paar haben *keinen* Kleidungsstil. So wie ich.

Mein Kleidungsstil ist seit jeher der Versuch, nicht die Augen meiner Mitmenschen mit meinem bloßen Erscheinen zu beleidigen.
Es gab Tage, da ging ich in die Schule mit einem Cowboyhut auf dem Kopf, einem mit Edelweiß bestickten Rüschenhemd am Rumpf, einer von Tanten gebatikten Jogginghose und Schuhen, die bei jedem Schritt blinkten. Bis zum Gymnasium trug ich im Sommer Radlerhosen, bei denen das eine Bein giftgrün und das andere lila war.
Einmal färbte ich mir die Haare aus Versehen blau und zu allem Überfluss die Augenbrauen gleich mit. Und als ich mich dann rasieren wollte, rutschte ich auch noch aus und säbelte mir die eine Augenbraue runter. Ich ging also zwei Monate mit einer blauen und einer abrasierten Augenbraue in die Schule und nein, prägte damit *nicht* einen neuen Stil, mutierte zur Stil-Ikone. Vielmehr zum Fashion-Victim-Victim.

Ja, ich kann von Glück reden, dass man in dieser Zeit keine Fotos von mir machte. Sonst könnte ich wohl nie als erster Deutscher Präsident der Vereinigten Staaten, Literaturnobelpreisträger und Erfinder der Hodenbank werden. (Das ist ein kleines, zusammenklappbares Möbelstück zur Erholung des Hoden.)

Mit der Zeit lernte ich, dieses Defizit gekonnt zu kaschieren. Ich verhängte mir strenge Regeln.
Regel Nummer eins: Keine Propellerhüte. Eine Regel, die gerade als Nerd besonders schwer einzuhalten ist. Hin und wieder überkommt es einen, aber man muss dem Druck standhalten. Zum Beispiel, indem man mit dem Rauchen anfängt.
Regel Nummer zwei: Keine praktische Kleidung mehr. Hosen, bei denen man die Hosenbeine abnehmen kann. Schuhe mit Rollen. Unterwäsche mit Kühlsystem. Kettenhemden, Bauchbeutel oder aus Alufolie gebastelte Hüte gegen die Fremdbestimmung durch Strahlung.
Regel Nummer drei: Nur weil du dir drei Stabilos zwischen die Finger klemmst, bist du noch nicht *Wolverine.*
Durch Befolgung dieser simplen Regeln fällt es im Alltag kaum auf, dass ich auch nicht einen Gedanken am Tag an meinen textilen Kokon verschwende.

Und Ähnliches gibt es natürlich auch mit Humor. Keine Witze über Politik und Religion beim Essen. Und beim Sex nur dann, wenn es wirklich angemessen ist. Witze über Juden nur dann, wenn man selbst Jude ist oder leicht mit einem Juden verwechselt werden kann, zum Beispiel wegen einer übertrieben großen Nase. Und Begriffe wie Neger oder Muselmann nach Möglichkeit vermeiden, neuerdings auch im historischen Kontext. Wenn man also das Lied *Zehn kleine Negerlein* zitiert oder die Zeile „Sei doch kein Muselmann, der das nicht lassen kann“ aus dem Lied über Kaffee von Bach, dann nur im intimen Rahmen, also zum Beispiel beim Sex, jedoch nur, wenn man sicher ist, dass es sich bei dem

Geschlechtspartner nicht um eine jüdische Negerin handelt, die dich durch den Schlitz ihrer Burka oral befriedigt.

Leute empfinden es immer als beleidigend, als durchschnittlich intelligent, interessant oder humorvoll bezeichnet zu werden. Aber wenn man zum Arzt geht und schweißgebadet brüllt: „Schnell, wie sind meine Leberwerte?“, und der Doktor dann sagt: „Durchschnittlich“, fällt einem ein Stein vom Herzen.

Dabei reicht es vollkommen, attraktiv zu sein.

Mit den Worten Oscar Wildes: „Schönheit ist eine Form des Genies. Nur höher, da sie keiner Erklärung bedarf.“

Fleischliche Liebe

Liebe Wurstfachverkäuferin,
wenn du mich anschaust,
aus deinem Wurstfach mit Schäufle drin,
wird mir schnurstracks bewusst, dass
ich von uns heut die Beute bin. Liebe Wurstfachverkäuferin!

Seit Tagen oder Wochen hock
ich vor deinem Laden.
Wir haben beide einen Knochenjob.
Nur hörst du nicht, wie mein Herz pocht,
wenn du dein Schnitzel trocken klopfst.

Liebe Speck-Vercheckerin,
ich mag dich echt nicht nur, weil
deine Koteletts lecker sind,
sondern, weil es mir
bei dir generell besser als bei Mutti schmeckt.
Aber bitte sag ihr das nicht,
sonst krieg ich Hausarrest.

Ich ernähre mich nur noch
von diesen kleinen Lyonerproben.
Ich hab Fleisch gekauft in so großen Mengen,
dass ich dich aus Hack hätt basteln können.
Ja, ich sammel bereits vergammeltes Fleisch –
von Hammel bis Schwein – nur,
um noch länger mit dir zusammen zu sein.
Liebe Wurstfachverkäuferin!

Du bist schärfer als die Realität,
schärfer als HD
und trotzdem nicht *kleinkariert,*
wenn du allein mit Mehl und Ei
ein ganzes Bein panierst.
Meine Vergleiche hinken eh,
weil ich – seitdem ich dich kenne alles nur noch durch
rosa-pinke Honigschinken Omi-Linsen seh.

Alles ist so einfach:
Die Erde ist eine Scheibe *Wurst.*

Liebe *Leberkäs-Hochstaplerin*,
Kabanossi-Maklerin
und *Rostbraten-Beraterin!*
Ich denke schon, dass wir zwei zusammenpassen.
Jedenfalls scheinst auch du nicht so auf Äußerlichkeiten zu achten und egal wie ich mich benehme ... Dein Vater ist *Schlächter*. (Also schlechter.)

Aber ich behandle dich sicher besser
als dein letzter Ex-Metzger.
Und im Gegensatz zu meinen Kommilitonen gehst du nicht auf dem Gedanken-Strich. Deine Denke ist – denk ich – nicht eingeschränkt, denn du kennst die Schranken nicht.

Und ich, ich fühl mich verzaubert,
so als hätt ich Pfeifenkraut
in der *Pipe* geraucht.
Oder mit einem Schlauch
einen Wein gesaugt.
Oben ist unten, rechts ist links,
Dick und Doof sind dünn und schlau.
Oh, liebe Wurstfachfrau!

Liebes *Hähnchen-Schlegel-Mädel*.
Du verdrehst nicht nur jedem Tier,
sondern auch mir den Schädel.
Du beschwipst mich wie eine Schnapspraline.
Mit jedem Schritt machst du mich an,
als wäre ich ne Waschmaschine.
Mein Herz spielt verrückt.
Und das EKG zeigt keine Wellen mehr an,
sondern schreibt dir dieses Gedicht:

Du Du Duuuu
Du Du Duuuu
Du Du Duuuu
Du Du Duuuu

Ich und du,
lass uns mit Bobbycars
durch Hotel-Lobbys fahren,
lass uns *Mini-Winnie-Würstchenketten*
von beiden Enden snacken
und uns in der Mitte treffen.

Ich und du,
lass uns jede Regel brechen,
so, wie du in der Regel brichst.
Wir gehen nicht auf dem Gedanken-Strich.
Wir ziehen in Gesellschaft große Masken auf,
denn die Lachtränen haben uns die Schminke verwischt.

Ich und du, wir beide,
lass uns für immer zusammenbleiben.
Solange bis die Zeit aufbricht,
bis ich dir jeden Wunsch von den Titten ables
oder ne Lebensmittelvergiftung krieg.

Lass uns einander respektieren bis
Kakerlaken die Welt regieren.
Und sich männliche Kakerlaken in den Facettenaugen von weiblichen Menschenfleisch-Kotelett-Fachverkäuferinnen verlieren.
Und die männlichen Kakerlaken zu den weiblichen Kakerlaken im gepflegtesten Kakerlaken-Hochdeutsch sagen:

„Ich werde dich auf Händen tragen!“

Bis alle Rosen in allen Vitrinen der Welt drin verwelkt sind,
bis ich mich wieder in ein Biest verwandle
und du bemerkst, dass ich gar kein Held bin.

Ich fasse mich kurz:
Wenn ich dir jetzt nicht auf die *Pelle* rück, ist sowieso alles ... *Wurst.*

Weißt du ...
Letzlich bin ich auch nur ein Junge,
der vor einer Metzgerin steht ...
und schwitzt ...
während er kleine Herzen ...
in die Lyonerproben ritzt.

Zwischenwort

Liebe lesende Person. Wenn Sie es bis hierhin geschafft haben, bedeutet das erstens, dass Sie sich für den Kauf dieses Buches entschieden haben und es zweitens auch wirklich lesen. Dafür möchte ich Ihnen herzlich danken.

Verfasser humorvoller Slam-Prosa geben sich oft im Kontext von Comedy und Kabarett. Und das sehr erfolgreich: Der Prix Pantheon, der bayerische Kabarettpreis, das Passauer Scharfrichterbeil, der Stuttgarter Besen, die St. Ingberter Pfanne und viele weitere Küchengeräte gingen in den letzten Jahren an ehemalige Poetry Slammer.

Im Bereich *New Journalism* könnte ebenfalls Potential stecken. Mich jedenfalls fasziniert seit jeher das Werk Hunter S. Thompsons, welcher weniger „die Story" schrieb, sondern mehr über sich selbst *in* der Story.

Als Hunter S. Thompson zum Beispiel zu einem Pferderennen in der Wüste geschickt wurde, nahm er seinen Anwalt und einen Koffer voller Drogen mit. Was bei der Fahrt entstand, kennen wir heute als *Fear And Loathing In Las Vegas*. Mit diesem sehr radikalen subjektiven Ansatz stellte Thompson nicht nur seine Redaktion beim *Rolling Stone Magazine* auf den Kopf, sondern auch die Frage, ob Journalismus nicht sowieso immer subjektiv ist, es sich bei dieser Art der Berichterstattung also um den „einzig wahren" Journalismus handle. Auf die Spitze getrieben wurde dies, als Thompson über den Jahrhundertboxkampf Muhammad Ali gegen Joe Frazier in Afrika schreiben sollte und dafür 100.000 US-Dollar Spesen bekam, zum Zeitpunkt des Kampfes aber besoffen in seinem Hotelpool lag.

Auch in Deutschland gibt es Vertreter dieser Schule. Marc Fischer ist sicher der wichtigste. Sein Buch *Hobalala: Auf der Suche nach João Gilberto* möchte ich Ihnen an dieser Stelle sehr ans Herz legen. Auf der Rückseite des – ebenfalls sehr empfehlenswerten – Buches *Der gelbe Bleistift* von Christian Kracht heißt es: „Man kann in diesen Berichten nachlesen, was geschieht, wenn das klaustrophobische Subjekt auf Spritztour geht ... das jeweilige Land dient einfach als Kulisse." Das ist letztlich genau der Thompson-sche Ansatz!

Ich glaube, die meisten Poetry Slammer wären hervorragende (Gonzo-)Journalisten. Schließlich sind Axel Hacke und Sascha Lobo nicht die einzigen Menschen auf diesem Planeten, die ab und zu mal einen Gedanken haben. Und wenn man schon einmal als „Sender" unterwegs ist, wieso dann nicht auch „Empfänger" sein?

Zwischen den Sommern 2013 und 2014 schrieb ich ein gutes Dutzend Artikel, die oft ganz bewusst mit meiner Rolle als Poetry Slammer spielen. Für mich hat sich in dieser Zeit viel ergeben. Unter anderem eine vom Goethe-Institut finanzierte Amazonasreise. Oder Engagements bei der taz - eine Tageszeitung, die ich zu Beginn meines Studiums selbst abonniert hatte. Plötzlich füllten meine Texte dort eine halbe Seite und auch, wenn ich dadurch nicht reich wurde, es machte mich sehr glücklich.
Und deshalb war es mir auch wichtig, dass zumindest eine Auswahl dieser Artikel ihren Weg findet in ein Buch, das mich als kompletten Autor zeigen soll.

„Weniger Musik wagen?" ist der erste und zugleich längste Artikel. Er entstand, als es mich nach drei Jahren Fesival-Abstinenz im Sommer 2013 auf das *Summerjam* in Köln und das *MELT!* in Ferropolis verschlug und mich Konzerte von *Major Lazer* und *The Knife* zum Nachdenken über den Live-Charakter elektronischer Musik brachten.
„Der Koch, das Buffet und der Teller" ist meine Antwort auf alle Poetry-Slam-kritischen Artikel, die je geschrieben wurden und

geschrieben werden. Er entstand als Reaktion auf einen im Oktober 2012 in der *Süddeutschen Zeitung* erschienenen Artikel von Boris Preckwitz, passt aber zum Beispiel auch hervorragend als Antwort auf den im November 2013 im *Freitag* erschienenen Artikel „Poetry im Fußballformat".
Im Vorfeld der deutschsprachigen Meisterschaften schrieb Preckwitz, Poetry Slams seien „Mehr und mehr eine Farce" – langweilig, billig oder sogar falsch. Für dieses Buch wurden zwei Textstellen aktualisiert.

„Lebende Leichen" entstand am 7. April 2014 auf dem Rückflug von Brasilien. An dieser Stelle möchte ich Katharina Bindl danken für die Korrekturen, Felix Lobrecht und Christian Sommerer für Rückmeldungen sowie Annette Runge für Details zur Studie der *IPEA*.
Selten erhielt ich so viel Lob und Zuspruch für einen Text. Drei Wochen nach dem Erscheinen titelte der *SPIEGEL* seinen Leitartikel mit gleichem Inhalt „Tod und Spiele". Es ist mir im Übrigen wichtig, dass „Lebende Leichen" nicht als „Spaßverderbertext" wahrgenommen wird. Ich selbst bin leidenschaftlicher Fußballfan und habe mich sehr über den vierten Stern der deutschen Nationalmannschaft gefreut. Die Frage, inwiefern solche Spiele von außen boykottiert werden müssen und, ob so ein Boykott tatsächlich sinnvoll wäre, möchte ich nicht beantworten. Auch kann ich die Stimmung in Brasilien nach der WM noch nicht beurteilen, da dieses Buch zum Zeitpunkt meiner zweiten Reise schon gedruckt sein wird und man von außen nur Bruchstücke mitbekommt. Eines kann ich mit Sicherheit sagen: Das Thema Brasilien ist für mich noch lange nicht abgeschlossen.
Die anderen drei Texte sind selbsterklärend. Betrachten Sie diese als kleines Zuckerl obendrauf. Viel Spaß beim Weiterlesen!

Weniger Musik wagen?

Ich mag Festivals nicht. Nenn mich spießig, aber ich finde keinen Gefallen daran, an einem Fünf-Euro-Bier zu nuckeln, das wie schon mal getrunken schmeckt und auf eine Leinwand zu blinzeln, die so weit weg ist, dass selbst meine Adleraugen nicht erkennen können, ob da jemand gerade den Ton seines Lebens trifft oder spektakulär abkratzt.
Moderne Festivals stehen in meinen Augen sinnbildlich für so ziemlich alles, was schief läuft: Kultur als Abzocke. Events, die wie Fast Food konsumiert werden. Und eine allgegenwärtige Alternativität, wie sie nerviger kaum sein könnte. („Hi, ich mache grad fünf Jahre *Work & Travel* durch Lappland." – „Wirklich? Nein! Mensch, wie toll. Ist bestimmt 'ne wichtige Erfahrung.")
Ingesamt überraschten mich *Summerjam* und *MELT!* jedoch positiv. Gut, meine bisherigen Referenzen *Rock im Park* und *Southside* gelten nicht gerade als die *Cohiba Esplendidos* unter den Festivals. Aber selbst das *Frequency* in Österreich vor drei Jahren, das mit seiner Night-Stage und Acts wie *Nero* oder *Deadmau5* nebst einem überraschend heterogenen Tagesprogramm (*Element of Crime, Jan Delay, Skunk Anansie*) musikalisch überzeugte, verbuchte ich unter semigeil. Wahrscheinlich, weil ich mich dort zum ersten Mal alt fühlte. Oder generell, weil ich Menschen hasse. Keine Ahnung.
Jedenfalls wurde meine persönliche Festival-Historie 2013 mehr zufällig und über den Poetry Slam um ein Kapitel erweitert. Beim *Summerjam* hatte ich einen Auftritt, zum *MELT!* wurde ich von einer befreundeten Bühnenpoetin überredet.
Und keine Angst: Das Wetter war gut, die „Atmosphäre" auch. Ob das nun daran liegt, dass auf beiden Festivals Alkohol jeweils *nicht* die vorherrschende Droge ist, darüber darf freilich orakelt werden. Jedenfalls wurden mit *Major Lazer* und *The Knife* glücklicherweise

genau die Bands (besser: „Acts", dazu gleich mehr) präsentiert, deren Live-Shows mich 2013 interessierten.

Major Lazer ist eine von zwei DJs gegründete Formation, die elektronische Musik produziert, welche wie „schwarze" Musik klingt. Also Baile Funk, Reggae, Hip-Hop, Dancehall und Soul. DJ Diplo erklärte das Credo der Band einmal mit der Frage: „Wie weit kann man gehen, ohne die Grenzen der Pop-Musik zu überschreiten?" Also Verrücktheit im Rahmen der Hörgewohnheiten von Otto Normal. Auf dem Debütalbum gibt es zum Beispiel einen Song, dessen Beat nur aus elektronisch verzerrtem Babygeschrei besteht. Der Text schließt mit den Worten: „That breast is yours, this breast is mine. Don't get out of line."
Dabei spielen *Major Lazer* mit dem öffentlichen Bild, das der Rest der Welt von Jamaika hat. In den Videos hüpfen die männlichen Darsteller wie – man kann es nicht anders sagen – Buschmänner durchs Bild. Die Frauen sind stets luftig bekleidet und üppig. Und natürlich darf auch der landestypische Discotanz nicht fehlen, bei dem man nie so recht weiß, ob das noch ein Paarungstanz ist oder schon das Paaren selbst. Auf die Spitze getrieben wird die Optik von einer eigens konzipierten Comic-Figur, nämlich *dem* Major Lazer, der so etwas darstellt wie den ultimativen jamaikanischen Proll. Mit Guevara-Mütze, Mikrofon-Patronengürtel und Lazer-Kanone im Anschlag.
Textlich bewegen sich *Major Lazer* irgendwo zwischen Politik und Blödsinn. Sporadisch wird zur Revolution aufgerufen. Meist zur Party, bis die Hütte kracht. In der Hymne „Get Free" heißt es: „Look at me. I just can't believe. What they've done to me. We can never get free." Die Titel der bisherigen Alben *Guns Don't Kill People ... Lazers Do* und *Free the Universe* lassen allerdings kaum auf eine Art politisches Programm schließen. Oft ist sie ja schmal, die Grenze zwischen einer super-ironischen Ironie und dem totalen Schwachsinn ... mutig ist das alles trotzdem. Vor allem, wenn man bedenkt, dass beide DJs weiß sind.

Auf der anderen Seite der Erdkugel lebt und wirkt *The Knife,* ein schwedischer Act, der zwar ebenfalls zweiköpfig ist, sich jedoch klarer als Band definiert, zum Beispiel indem auf den ersten drei Alben – beinahe stur – *nie* mit anderen Musikern kollaboriert wird. Außerdem gibt es eine klare Aufgabenteilung: Der Bruder macht die Musik, die Schwester singt. (Ganz recht, *The Knife* sind Geschwister.) Ähnlich wie bei *Major Lazer* treten in den Videos die Musiker selbst nur kurz oder gar nicht in Erscheinung, stattdessen geht es bei *The Knife* um Geschlechterrollen. Zum Beispiel, wenn im Video der Club-Hit „Pass This On" von einem Transvestiten gesungen wird. Oder wenn bei „A Tooth For an Eye" ein Mädchen einer Gruppe von Männern Ballettunterricht gibt. In anderen Fällen tragen die Figuren geschlechtsneutrale Masken, passend zum Gesang, der nicht nur extrem vielseitig ist (die Amerikaner haben den schönen Begriff „mind-blowing"), sondern auch im Lauf jedes Songs förmlich mit Effekten beschossen wird. Und zwar so, dass man oft nur schwer erkennen kann, wer oder was da überhaupt singt. Ein alter Mann? Eine laszive Frau? Eine Hexe? Ein Mädchen, Roboter, Alien?

Musikalisch bietet das Duo nichts weniger, als einen wilden Ritt durch die Musikgalaxie. Das offizielle Motto: Sich nie wiederholen, immer zu neuen Ufern. Das erste Album war experimentell, das zweite bespickt mit Club-Hits und Hymnen wie „Heartbeats" und das dritte eher sphärisch. Das aktuelle Album *Shaking The Habitual* könnte man sogar im Bereich *Neue Musik* ansiedeln.

Major Lazer und *The Knife* lassen sich – nicht nur geographisch – als zwei Seiten einer einzigen großen Elektro-Pop-Medaille betrachten. Stellen wir sie uns als Actionfilme vor. *Major Lazer* wäre *Sharknado. The Knife* wäre Anti-Action, vielleicht Spionage, zum Beispiel *Die Bourne Verschwörung*, reduziert und roh.

Bequem sind die Schweden trotzdem nicht. Auch unter ihren Videos findet man *YouTube*-Kommentare à la „What the fuck did I just watch?". Zum Beispiel, wenn die Sängerin einen Preis nicht nur in einer Art Burka entgegennimmt, sondern auch anstelle einer Dankesrede zweimal ins Mikrofon röchelt und wieder von der Bühne geht. Oder, wenn bei „Full Of Fire“ eine normal wirkende Frau Mitte vierzig in der Öffentlichkeit die Hose runterzieht und auf die Straße pinkelt. Dagegen wirken die Großaufnahmen von einem in Zeitlupe wackelnden „Bubble Butt“ im gleichnamigen Videoclip von *Major Lazer* geradezu harmlos.

Beide Seiten der Elektro-Pop-Medaille haben seit Jahren eine stetig wachsende Fanbase. Beide wirken wie die ewigen Underdogs. Und beide zermartern sich wohl das Hirn darüber, was sie bei einem Konzert so präsentieren.

Der Begriff „Konzert“ wird im Pop- und Fernsehbereich in einer gedehnten Form verwendet. Er bedeutet meist: Eine Sängerin tut so, als ob sie singt, vor einer Band, die so tut, als ob sie spielt, vor einem Publikum, das so tut, als ob es nichts bemerkt. Bei so was ist es schwer, den „Live-Charakter“ auszumachen. Als ich die *Beach Boys* beispielsweise vor einem Jahr in der Berliner *O2-World* sah, saß der 71-jährige Frontmann Brian Wilson an einem Flügel und fuchtelte mit den Armen. Nur selten berührte er die Tastatur. Daneben standen seine alten Kollegen, dahinter eine kleine Armee junger Musiker, die sogar den Gesang übernahmen. Hin und wieder humpelte ein *Beach Boy* zum Mikrofon und sagte, wie schön es doch in Deutschland sei. Das Publikum war begeistert. Sogar die Kritiken fielen gut aus. Aber ich würde nicht behaupten, dass ich die Band „live“ gesehen habe. Schließlich hatte ich die 50 Euro nicht ausgegeben, um zu wissen, welche Hose Brian Wilson trägt. Ich wollte *Musik* sehen. Und zwar die *Mechanik* der Musik. Ich wollte verfolgen, wie der Musiker selbst einen Ton erzeugt, indem er eine Taste drückt.

Doch von der Hoffnung, irgendwen irgendwo tatsächlich musizieren zu sehen, muss man sich wohl trennen. Aber um was geht es dann bei einem Konzert? Geht es darum, Teil von etwas zu sein – von *irgendwas?* In diesem Fall würde es keinen Unterschied machen, ob ich mir nun ein Konzert anschaue oder bei einer Fußball-WM

zum Public Viewing gehe. Außer vielleicht, dass Thomas Müller den Ball noch selber kickt.
Geht es um die Publikumsspielchen des Frontmanns? Versteh mich nicht falsch, ich mag diese Spielchen. Gerade als Poetry Slammer ist es immer wieder schön zu sehen, was man alles mit einem Publikum machen kann. Vor allem, da die Publikumsinteraktion – auch durch die Möglichkeiten der modernen Technik – mittlerweile weit über das typische „When I say ‚ha', you say ‚ho'!" hinausgeht. Wenn bei der *Bloodhound Gang* beispielsweise ein Foto mit einer Sofortbildkamera geschossen und ins Publikum geworfen wird. Wenn Musiker der *Beatsteaks* mit einem gigantischen Schlauchboot über die Köpfe der Fans hinwegschippern. Wenn *Deichkind* die „Zitze" auf die Bühne holen, einen drei Meter hohen Sangria-Tank und zum „Eimersaufen" mit der kompletten ersten Reihe lädt. Oder, wenn *Jan Delay* 5.000 Menschen dazu auffordert, synchron eine SMS mit bestimmtem Inhalt an Angela Merkel zu senden. Dann ist das natürlich schön anzusehen. Und man bekommt etwas, an das man sich erinnern kann. Trotzdem sind das Gimmicks, nicht die Substanz eines Konzerts. „Live sind die voll geil!" heißt schon lange nicht mehr, dass die Band musikalisch zu überzeugen weiß. Aber was heißt es dann?

Geht es denn *gar nicht mehr* um Musik? Trübt es nicht die Wahrnehmung, wenn man weiß, dass eine Band live nicht das spielen kann, was sie auf CD spielt? In meiner Teenagerzeit war das noch ein Grund mit Bands zu brechen. *System of a Down* und *Queens of the Stone Age* waren meine Lieblingsbands. Bis ich sie live sah und Zeuge wurde von ihrem schier unerträglichen Sound-Brei, einem akustischen Clusterfuck, der nichts, aber auch gar nichts mit den Songs zu tun hatte. War ich zu hart zu ihnen? Ein *Skrillex* beispielsweise kann sich – wie jeder andere DJ – gar nicht verspielen. Klar, der Strom kann ausfallen und ein Meteor vom Himmel stürzen. Aber macht die Möglichkeit einer Naturkatastrophe ein Konzert zu einem spannenden Erlebnis?

Denn darum geht es ja auch bei einem Live-Konzert: um Fehler. Die Leistung eines Bühnenkünstlers wird – ähnlich die eines Akrobaten – auch an ihnen gemessen. Dabei geht es nicht um Katastrophengeilheit, sondern mehr darum, zu beobachten, wie bei Fehlern reagiert wird. Gibt sich der Gitarrist, als hätte er nichts bemerkt? Lässt er den falschen Ton bewusst nachwirken? Oder schaut er zum Schlagzeuger und zuckt lachend mit den Schultern? Das alles sagt viel über ihn aus. Und erklärt, wieso ich den Satz „Die klingen live genau wie auf CD“ hasse. Weil das nicht die Aufgabe der Musiker ist, eine Tonfolge nachzuhampeln.
Natürlich ist man auch enttäuscht, wenn ein Sänger gar nicht mit dem Publikum kommuniziert. Wenn die Band einfach nur ihre Songs herunternudelt. Aber zu einem gelungenen Konzert sollte immer auch Musik gehören. Oder nicht?
Es scheint sich in den letzten Jahren eine Kluft aufzutun. Einerseits finden Festivals immer größeren Zulauf. Andererseits eignet sich ein Gros aktueller Musik nur schlecht oder gar nicht für Live-Konzerte. Dabei sind die Festival-Auftritte für die Musiker selbst (genau wie eine *facebook*-Seite) mittlerweile überlebensnotwendig. Physisch gibt so ein Electro-Act allerdings nur wenig her. Einem DJ am Laptop von vorne bei der Arbeit zuzusehen, ist in etwa so spannend, wie das Mienenspiel eines Kumpels beim Zocken.
Schon Hip-Hop-Konzerte empfand ich – bei aller Affinität zum Sprechgesang – immer als ein bisschen langweilig. Denn selbst ein guter Freestyle oder eine schöne Tänzerin kann nicht über den Umstand hinwegtäuschen, dass dort jemand steht und *spricht*.
Absurder wird es, wenn der DJ *Flying Lotus* sogar hinter einer Leinwand verschwindet, um dort aufzulegen, während ein Film läuft. Das ist im Grunde nichts anderes, als wenn ein Pianist zu einem Stummfilm improvisiert. Das hatten wir doch schon – vor hundert Jahren!

So schön die sogenannten „Visuals“, ein Konglomerat aus Licht, Bild, Tanz und Kostüm, auch sind, so oft verfehlen sie ihren eigentlichen Zweck, nämlich das Unterstreichen und „Aufblasen“ eines musikalischen Happenings. Meist übertünchen sie dieses. Oder noch schlimmer: Es gibt überhaupt nichts, das man hätte aufblasen können. Ja, treffen wir uns doch in Zukunft bei einem Konzert im Autokino und gucken *YouTube*-Clips.

Man kann sich streiten, ob das Auf-die-Bühne-bringen rein elektronischer Musik zum Scheitern verurteilt ist. In jedem Fall ist es eine komplizierte Aufgabe für einen Musiker, der mehr sein will als ein DJ, welcher ja – wie ein Poetry Slammer auch – hauptsächlich Dienstleister ist. Wie wird diese Aufgabe von *Major Lazer* und *The Knife* gelöst?

Das Konzert von *Major Lazer* wird eingeleitet von einem Videoclip auf einer großen, die Bühne füllenden Leinwand. Darauf ist (unter dem tosenden Applaus des Publikums) zu sehen, wie *der* Major Lazer gerufen wird, seine Waffen zückt, in ein Raumschiff steigt und losfliegt. Danach zählt ein Countdown von 30 abwärts, das Publikum zählt mit.

Als Diplo die Bühne betritt, geht er nicht ans DJ-Pult, sondern schwenkt erst einmal eine Viertelstunde lang eine riesige Fahne, zündet Konfettikanonen oder steigt in einen mannshohen Plastikball und nimmt ein Bad in der Menge. Die DJ-(Drecks)arbeit übernehmen zwei Kumpels. Dass von dem ursprünglichen Duo Diplo/Switch inzwischen nur noch Diplo übrig ist, erfahre ich erst nach dem Konzert. Aber ist ja auch irgendwie egal, wenn auf der CD bei jedem Song zwischen ein und vier Gaststimmen zu hören sind, von denen live natürlich keine einzige anwesend ist. (Wie auch, bei Namen wie *Bruno Mars* oder *M.I.A.*?) Stattdessen: zwei exotische Tänzerinnen, die an einem der vielen Höhepunkte der Show ihre Geschlechtsteile in einer Art Mega-Lapdance an einem erlesenen Konzertbesucher reiben.

Das Konzert besteht *nur* aus solchen Höhepunkten!

Man kann beinahe seine Uhr danach stellen, dass alle drei Minuten irgendwas Verrücktes passiert. Zum Beispiel, wenn mehrere tausend Menschen auf Diplos Wunsch ihr T-Shirt auszuziehen und in die Höhe schmeißen. Oder, wenn *der* Major Lazer tatsächlich noch auf der Bühne erscheint – als Plüschmaskottchen. Oder, wenn zusätzlich zum gewöhnlichen Tanz-Arsenal noch Europas „beste Bauchtänzerin“ auf die Bühne gebeten wird, um mehrere Songs hindurch auf dem Kopf stehend mit dem Hintern zu wackeln oder im Spagat vom Mischpult auf den Boden zu springen. Was in der Tat beeindruckend ist. Fehlt eigentlich nur noch ein Salto Mortale schlagender Monstertruck. Mit Piranhas.

Und die Musik? Wird kaum gespielt, zumindest nie *ausgespielt*. Dafür bleibt ja auch viel zu wenig Zeit. Vielmehr ist das Konzert eine Art Hatz durch alles, woran *Major Lazer* in den letzten Jahren seine Finger hatte. Das ist eine beeindruckende Liste an Party-Hits, die allerdings auch dann noch beeindruckend wäre, würde man die Songs nicht nach acht Takten abbrechen und zum nächsten wechseln.

Ja, *Major Lazer* zeigen sich meisterhaft in der Kunst, das Publikum einerseits optisch zu *flashen*, es andererseits musikalisch nie vollständig zu sättigen, um dann – ganz unmissverständlich – gegen Ende zu rufen: „WER SIND WIR? WIE HEISST UNSER ALBUM? LIEBT UNSER ALBUM! KAUFT UNSER ALBUM!“

In meinen Augen war das alles relativ grauenhaft. An manchen Punkten fühlte ich mich wie in einem 2-Sterne-Hotel auf Ibiza, wenn ein besoffener Animateur die Kinder beschäftigt ... Das war kein Konzert. Das war auch kein ironisches Konzert. Das war eine Werbekampagne. Beeindruckend nur, weil sie so verdammt gut funktioniert. Ja, den Leuten gefiel es.

Im krassen Gegensatz dazu stand *The Knife*. Hier beginnt das Konzert so, wie *Major Lazers* endete. Mit einem Animateur, der das Publikum eine halbe Stunde lang mit Aufwärmspielchen à la „Geht nach links, geht nach rechts, umarmt euren Nebenmann“ in Stimmung bringen soll. Und dabei immer wieder beteuert, *The Knife* käme erst dann auf die Bühne, wenn alle bereit wären.

Als er endlich die Bühne räumt und diese mit schummrigem Licht beschienen wird, sieht man sperrige Gegenstände, die von schwarzen Tüchern verhüllt waren. *The Knife*, bekannt für ihre Experimentierfreudigkeit, stellen diese in vergangenen Konzerten oft mit selbst gebastelten Instrumenten zur Schau. Manchmal erinnern die alten Konzertaufnahmen fast an Shows der *Blue Man Group*. Dazu muss man wissen, dass sich *The Knife* jahrelang gänzlich weigerte, aufzutreten, dies dann zunächst nur maskiert tat. Generell zeigt sich die Band nur selten, und wenn, dann nie, um sich selbst oder ihre Musik zu erklären. Während auf der anderen Seite der Medaille Diplo sogar seine benutzten Kondome fotografiert und die Fotos im Internet teilt.
Als die ersten Klänge des sehr schwermütigen Songs „A Cherry On Top“ ertönen, kommen nicht zwei, sondern rund zehn vermummte Gestalten auf die Bühne und geben – ebenfalls unter tosendem Applaus – die Gerätschaften frei. Diese sehen aus wie jene Lampen aus Schickimicki-Möbelhäusern, die 5.000 Euro kosten. Und wie bei diesen kann man sich nur schwer vorstellen, dass sie auch funktional sein können.
Nachdem *The Knife* schon zehn Minuten auf der Bühne steht und noch nichts gespielt haben, was auch nur im Entferntesten tanzbar ist, erkenne ich die Geschwister Karin und Olof unter ihren Kutten. Aber auch nur weil ich in den inzwischen fünf Jahren als Fan ein entsprechend geschultes Auge habe. Für jemanden, der kein *The-Knife*-Freak oder einfach zu weit von der Bühne entfernt ist, könnten da genauso gut zehn Plüschmaskottchen stehen. Oder Europas beste Bauchtänzerin. Entsprechend macht sich – ganz langsam – eine gewisse Unruhe im Publikum breit.
Doch anstatt der vorwiegend unter Drogen stehenden Menschenmasse das zu geben, wonach sie förmlich giert – *Hits! Stars! Interaktion! Musik!* – macht *The Knife* genau das Gegenteil und bewegt sich im weiteren Verlauf nach und nach von den Instrumenten weg. Und zwar so lange, bis alle „Musiker“ in der Mitte der Bühne stehen und rhythmische Sportgymnastik betreiben. So dass auch der

letzte Depp merkt: Hier handelt es sich um Vollplayback.
Ganz recht, *The Knife*, eine der heißesten Elektrobands der Welt, gibt ihr nach sieben Jahren lang ersehntes Comeback in Vollplayback. Und zwar ohne das zu kommentieren. Oder gar zu vertuschen. Ganz im Gegenteil: Die Sängerin macht sich einen Spaß daraus, sich immer dann, wenn ihr Gesicht großflächig auf den Bildschirmen erscheint, prominent zu räuspern, an der Nase zu kratzen, vom Mikrofon wegzudrehen, während zeitgleich ihr Gesang zu hören ist.
Für mich kommt das einem kulturellen Schock gleich. Vollplayback ist ein Tabu, genau wie Ideenklau. Eigentlich möchte ich die Band hassen. Ich stelle mir vor, ich hätte 60 Euro für eine Konzertkarte gezahlt. Ich hätte der Band diese Karte um die Ohren geschlagen! Stell dir vor, du gehst auf ein *The-Knife*-Konzert und sitzt hinter einer Säule. Dann hörst du 80 Minuten lang eins zu eins die aktuelle CD.
Ich muss diesen Schock erst mal verarbeiten. Ich will die Band nicht hassen. Nicht jetzt, nach all dem, was wir miteinander durchgemacht haben. Zumindest nicht so schnell. Das Publikum um mich herum sieht das wohl anders. Mehr und mehr Menschen machen ein enttäuschtes Gesicht, immer wieder ruft jemand empört: „Die spielen ja gar nicht!“, und kommt sich dabei ganz besonders pfiffig vor. Ungefähr nach der Hälfte hat sich die Menge zerschlagen, so dass ich bequem zur ersten Reihe spazieren kann. Während auf der Bühne inzwischen ein männlicher Tänzer am Mikrofon steht und so tut, als würde er inbrünstig singen.

Irgendwann geht – vollkommen willkürlich – eine Person ans Mikrofon und sagt: „We are *The Knife.* Thank you.“ Ein kleines Live-Atom zum Schluss. Mehr wird es nicht geben. Wahrscheinlich knobelt das Ensemble vor jedem Auftritt, wer diesen Satz sagen darf. Anschließend verschwindet es unter zähem Applaus. Ein Großteil der Menschen ist enttäuscht. Ich verfalle in eine nachdenkliche Starre, welche sich auch nicht ändert, als ich erfahre, dass die

Konzerte auf der Tour explizit nicht als Konzert, sondern als Show angekündigt werden. (Was auf einem Festival einfach nicht geht.) Und auch die Tatsache, dass das Album *Shaking The Habitual* heißt, kann eine derartige Dreistigkeit nur schwer rechtfertigen.
Auf der anderen Seite waren die Band-Mitglieder immerhin körperlich anwesend und haben die zum Teil nicht unkomplizierten Choreografien mitgetanzt. Wieso hinterlässt eine solche Darbietung ein schales Gefühl, während ein am Klavier sitzender mit den Armen wackelnder Brian Wilson alle zufriedenstellt? Wenn fast alle großen Pop-Sänger mittlerweile mit einprogrammierten Gesangslinien, automatischer Tonhöhenkorrektur arbeiten sowie so vielen Sound-Effekten, dass sie eigentlich nur in ihr Mikrofon hinein blasen müssen? Was ist so schlimm daran, wenn ein Musiker nicht die Hits spielt, die jeder im Publikum sowieso schon hundert Mal gehört hat? Ja, inwiefern hat sich das *The-Knife*-Konzert von den restlichen auf dem Festival unterschieden? War es tatsächlich ein einziger großer Stinkefinger – nicht nur in Richtung des Publikums, sondern auch zu den Veranstaltern und Kollegen?
Schließlich bot *The Knife* trotz allem mehr als ihre Musik. Und sie lösten im Publikum etwas aus, an das es sich lange erinnern wird. Wenn auch im Gegensatz zu *Major Lazers* Empörung.

Auch wenn ich den Auftritt von *The Knife* seitdem vor meinen Freunden verteidige, bin ich nicht zufrieden damit. Das kann man gar nicht sein. Denn auch für eine Show war es viel zu wenig. *Major Lazer* bot eine Show, *The Knife* nicht. *Major Lazer* begeisterte, *The Knife* nicht. Aber die Schweden machten wenigstens insofern große Kunst, als dass sie mich zum Nachdenken brachten und eine schier unerträgliche Unruhe in mir auslösten, die hoffentlich nach Fertigstellung dieses Textes ein Ende findet.
Denn ich werde das Gefühl nicht los, dass das Spektrum meines Festival-Hasses um eine weitere Farbe ergänzt wurde. Dass moderne Auftritte ausschließlich der Werbung dienen. Dass die Witzlosigkeit populärmusikalischer Darbietungen einen neuen

Höhepunkt erreicht hat. Und dass *The Knife* wenigstens so freundlich waren, mich darauf hinzuweisen. Wenn auch nur, um genau wie ihre jamaikanischen Gegenspieler ein neues Album zu verkaufen. Den *heißen* Scheiß, um genau zu sein. Allerdings nur dann, wenn man ihn auf CD hört. Oder bei *YouTube*. Aber sicher nicht auf einem Festival.

Der Koch, das Buffet und der Teller

Folgendes Szenario: Sie stehen vor einem Buffet. Es gibt Räucherlachs, Grapefruits, Kaviar und Spiegelei. Sie entscheiden sich für das Nutellabrot. Dann gehen Sie in die Küche und verprügeln den Koch.

Nichts anderes passiert, wenn Poetry Slams von Journalisten besprochen werden. Die Rahmenbedingungen, unter denen sich bestimmte Textformen durchsetzen, werden mit den Texten selbst verwechselt. Veranstalter werden für diese Texte verantwortlich gemacht. Und den Autoren wird wiederum vorgeworfen, mehr sein zu wollen als ein Nutellabrot.

So verhielt es sich auch mit dem SZ-Artikel „Mehr und mehr eine Farce", in welchem Boris Preckwitz nach Belieben zwischen Veranstaltungsformat und -inhalt wechselte, um beides in den Dreck zu ziehen. Poetry Slams, so der Autor, seien weder wild noch experimentell, die „Instant-Texte" eine Mischung aus „humoristischer Gefälligkeitsprosa" und einem „harmlos juvenilen Popsound".

Dabei blieb er leider nicht über der Gürtellinie. Slam-Poeten seien Narzissten mit verkümmerten Egos, Slam-Texte literarischer Müll und das Slam-Publikum Teil einer „Ulkkultur". Der Begriff Poetry Slam, so der Autor, führe gezielt in die Irre und Slam-Workshops letztlich dazu, dass Mütter ihre Kinder auf Bühnen zerrten, um sie öffentlich zur Schau zu stellen.

Während die Absurdität des – gehörig misslungenen – Rundumschlages bei der letzten Bemerkung auch für Laien zutage tritt, werden die Tatsachen zuvor auf perfideste Art verdreht.

Zunächst einmal müsste jeder Journalist seit seinem Deutschunterricht der Mittelstufe wissen: Poesie ungleich Lyrik ungleich

Reimschema. Natürlich gibt es immer wieder Zuschauer, die denken, auf Poetry Slams werde ausschließlich gereimt (um dann erleichtert festzustellen, dass es nicht so ist). Mit Täuschung hat das in etwa so viel zu tun wie ein Kino, das „Lichtspielhaus" genannt wurde.

Nun zu dem Veranstaltungsformat. Ein Hauptgrund für den Erfolg von Poetry Slams ist die aktive Beteiligung des Publikums – sowohl, wenn es darum geht, selbst auf die Bühne zu gehen, als auch die Gestaltung des Abends von außen. Die Zuschauer losen die Reihenfolge. Die Zuschauer bewerten. Die Zuschauer lachen, weinen, schweigen und klatschen. Diese Art der Mitgestaltung sorgt dafür, dass jeder Abend einzigartig ist. Ähnlich wie beim Improvisationstheater oder dem Freestyle-Battle.

„Wahre Kultur", könnte man einwenden, „ist niemals demokratisch." Allerdings ergibt sich eine gewisse Problematik, wenn man versucht, den Poetry Slam konstruktiv für das zu kritisieren, was ihn ausmacht. Außerdem: Wieso sollte man das Publikum denn nicht beteiligen, wenn es schon mal da ist?

Die auf Poetry Slams vorgetragenen Texte können denkbar unterschiedlich sein: humorvoll, ernst, lyrisch, prosaisch, abgelesen, auswendig, politisch, sinnlos, improvisiert, verträumt, trocken oder Rap-artig skandiert.

Dass sich bei diesem bunten Angebot oft die humoristische Prosa durchsetzt, hat – meiner persönlichen, streitbaren Meinung nach – vor allem den Grund, dass sich ein mittelmäßiger lustiger Text immer gegen einen mittelmäßigen ernsten, mittelmäßig flowigen, mittelmäßig politischen durchsetzen wird. Und letzterer ist sowohl schwerer zu schreiben als auch schwerer vorzutragen.

Allerdings sorgen Wiederholungen bei zwei bis vier Stunden Programm für Ermüdungserscheinungen. Kontraste sind da Gold wert. Ausnahmslos jeder Slam-Veranstalter weiß das und versucht – im Rahmen seiner Möglichkeiten – zu handeln.

Den zweiten Hauptgrund für den Erfolg von Poetry Slams sehe ich in einer gewissen Unprofessionalität der Auftritte. Authentizität könnte man auch sagen, oder von „Kunst mit Werkspur“ sprechen. Soll heißen: Die Slam-Texte und -Performances sind nicht perfekt, aber sympathisch. Oder besser: sympathisch, weil nicht perfekt. Die meisten Slam-Poeten sind im Studentenalter und betreiben das Schreiben und Auftreten als Hobby. Die – über 500 Mitglieder fassende – Familie deutschsprachiger Slam-Poeten ist kein elitärer Zirkel, der sich abschottet, sondern im Gegenteil immer darauf bedacht ist, für Nachwuchs zu sorgen. Deshalb werden U20-Wettbewerbe ausgetragen und Poetry-Slam-Workshops für Schüler gegeben. Und ja, die Slam-Szene ist ausgezeichnet vernetzt und solidarisch. Diese Vernetzung, welche schon vor *facebook* existierte, fiel allerdings nicht – wie man nach Preckwitz' Lektüre meinen könnte – vom Himmel, sondern ist das Resultat jahrelanger Arbeit einzelner Idealisten.

Im Übrigen liegt der Grund dafür, dass zwei Slam-Poeten ähnlich klingen, in vielen Fällen in der oben besprochenen Unprofessionalität. Poetry Slams, bei denen ausschließlich Profis auftreten, bilden nach wie vor die Ausnahme. Und schließlich ist es leichter, zu Beginn einer Karriere bereits erfolgreiche Stile zu imitieren. (Spielend leicht wird das mit dem Hilfsmittel *YouTube*.) Das hat nichts mit böswilligem Klauen zu tun, eher mit einem Mangel an künstlerischem Selbstbewusstsein, der – zu Beginn – normal ist. Schulbands fangen an, ihren Stil zu finden, indem sie Songs covern. Zu ersten Erfolgserlebnissen gelangt man damit relativ schnell, zu einem tiefen Respekt von Seiten der Szene natürlich nicht.
Die Flexibilität und Offenheit dieser Szene sorgt für Probleme bei der Betrachtung des Poetry Slams als literarische Bewegung. Wenn überhaupt handelt es sich um eine bühnenliterarische Bewegung. Denn ausnahmslos alle Slam-Texte leben von der Performance. Selbst wenn sie ohne Begrüßung in den Boden genuschelt werden. „Der Text selbst“, so ein erfolgreicher Slam-Poet einmal zu mir,

„macht vielleicht 20 Prozent des Gesamtpakets aus, vielleicht auch 30 oder 40. Aber auf keinen Fall die Hälfte."
Die Stimme, das Aussehen, die Art, wie die Textblätter gehalten oder bestimmte Stellen mit Bewegungen unterstrichen werden (und sei es nur durch ein Kopfnicken), das alles entscheidet maßgeblich darüber, ob ein Slam-Poet die Gunst des – oft erschreckend sensiblen – Publikums erlangt oder nicht. Anders ausgedrückt: Wenn es sich bei allen Slam-Texten um vollwertige Literatur handelte, könnte man genauso gut zu Hause bleiben und lesen. Das wäre vielleicht auch schön, aber etwas anderes.
Deshalb macht es nur bedingt Sinn, Slam-Texte am Reißbrett auf ihren Wert zu überprüfen. Und generell sollte man sich das mit der Vergleicherei gut überlegen. Den Vorwurf, Poetry Slams würden Theatervorstellungen oder Lesungen um ihr Publikum bringen, kann man mal stärker, mal schwächer herauslesen. Aber ist es wirklich so, dass die drei-, vier-, achthundert vorwiegend jungen Zuschauer alternativ in einer Inszenierung von Horváths *Glaube Liebe Hoffnung* sitzen würden?
Der Poetry Slam kommt aus den USA, Konkurrenz waren nicht Lesungen, sondern Konzerte, Partys und der Fernseher. Genauso wie das Musical als Konkurrenz zum Kino entstand, nicht zum Theater.
Man stelle sich eine Kritik des Films *Django Unchained* vor, die mit den folgenden Worten schließt: „*Django Unchained* ist gut. Aber wie man es auch dreht und wendet ... ein Theaterstück ist es nicht."
Genauso wie man den Tarantino-Film nicht mit Theaterstücken vergleicht, ja, wahrscheinlich nicht einmal mit Filmen außerhalb der Reihe, so sollte man Slam-Texte ausschließlich mit Slam-Texten vergleichen. Und das ist – *Überraschung!* – genau das, was bei Poetry Slams passiert.

Tipps für angehende Autoren

1. Denke nicht übers Schreiben nach, schreibe.

2. Rede nicht übers Schreiben, schreibe.

3. Lies nicht, während du schreibst, was du schon geschrieben hast. (Gut, manchmal lässt sich das nicht vermeiden. Halte dich aber nicht damit auf.)

4. Versuche nicht, genial zu sein.

5. Schreibe kurze Texte nach Möglichkeit immer gleich zu Ende.

6. Erzähle – gerade bei längeren Texten – nicht, worüber du vorhast zu schreiben, bevor du es nicht getan hast.
Das hat zwei Gründe: Zum einen kann verfrühtes Feedback unnötig verunsichern. Zum anderen schwindet damit das (zum Schreiben sehr wichtige) Mitteilungsbedürfnis.
(„Mitteilungsbedürfnis" klingt immer so negativ. Es ist aber wirklich wichtig, dass das, was du zu sagen hast, noch frisch ist.)

7. Finde heraus, unter welchen Umständen du am besten schreiben kannst und richte dich entsprechend ein.
Ich zum Beispiel schreibe am liebsten morgens, gleich nach dem Aufstehen und täglich, dafür aber selten länger als zwei Stunden. Andere schreiben lieber abends, besoffen, saisonal. Dazu bin ich nicht in der Lage.

8. Wenn ein Text fertig ist, kann man ihn beliebig oft kürzen. Sei gnadenlos mit dir selbst, aber mach dich nicht verrückt. Der nächste Text ist immer der beste.

So. Jetzt hast du dir auch schon den Workshop gespart.

Gern geschehen.

Geht's noch?

„Uns geht's halt zu gut.“ Ein Satz wie aus der Gelatine besonders altkluger Kühe gemeißelt. Aber was bedeutet er?

Mit Politik kenne ich mich nicht aus. Ich habe keine Ahnung, wie ich die Kaufkraft des Euros checken kann oder was ein Finanzminister macht, wenn er den Haushalt konsolidiert. Ich weiß nur, dass mein persönlicher Finanzminister oft im Sterben liegt. Vor allem gegen Ende des Monats.
Ja, selten habe ich das Gefühl, es ginge mir „zu gut“. Ich lebe unter der Armutsgrenze, werde wohl auf unbegrenzte Zeit in dem Zimmerchen einer Vierer-WG leben und wie alle Menschen in meinem Alter arbeiten, bis ich tot umfalle, weil die Renten mal so was von gar nicht sicher sind.
Meine Schulbildung reicht, um bei Stadt-Land-Fluss zu gewinnen. Aber sie zeichnet mich nicht aus. Und besonders gefördert hat sie mich – bei den Interessen Kunst und Mathematik – auch nicht. Wenn ich mich an positive Aspekte der Schulzeit erinnere, denke ich an Schabernack. Das Klassenzimmer überfluten. Im Computerraum den Hauptstromstecker ziehen. Oder mit einer Streichwurst die Tafel einschmieren. Solche Dinge. Ansonsten fühlte ich mich eher in meiner Neugierde und Kreativität beschnitten.
Zum Beispiel war es mir (als Baden-Württemberger) nicht vergönnt, Mathematik verstärkt zu belegen und ich musste auf Physik ausweichen.
Bei meinem fünfwöchigen Auslandsaufenthalt in Tasmanien gefiel mir vor allem, dass man sich dort seinen Stundenplan individuell zusammenstückeln konnte. Mit Schulfächern wie Kochen, Theater und Schwimmen. Und wenn ich jetzt höre, dass der Bruder eines Freundes als einer von sechs von 30 Schülern in psychologischer

Behandlung ist, weil er dem durch G8 erzeugten Druck nicht mehr standhält, stimmt mich das traurig.

Nachts trage ich eine Knirschschiene. Der Zahnarzt sagt, das sei normal. Also so wie Depressionen, Schwerhörigkeit, Schlaflosigkeit, ADHS, ein kaputter Rücken oder krumme Knie. Wahrscheinlich kommt das vom vielen Stress. Und der Stress kommt davon, dass ich nicht abschalten kann. Zu wenig Bewegung, zu viel Zucker. Zu viel Internet, zu wenig Sex. Irgendwie so was.
Es geht mir gut, keine Frage. Ich bin ein zufriedener Mensch. Aber auch genügsam. Ich bin seit sechs Jahren nicht mehr aus eigener Kraft verreist. Also nicht, ohne vorher irgendwohin eingeladen worden zu sein. Ich habe kein Auto, kein *iPad,* keine von Dr. Dre designten Kopfhörer und will keine Kinder. Ich mache mir nichts aus modischer Kleidung und benutze seit fünf Jahren denselben Laptop. Und Wintersport betreibe ich auch nicht. Wenn ich „unnötig" Geld ausgebe, dann für Bücher, Kino, Essen, Zigaretten oder gelegentliche Saunagänge.
Wenn ich dann doch mal im Ausland bin, schaue ich auf die Straßen und die Zähne. An der Schadhaftigkeit sowohl des Teerbelags als auch des allgemeinen Lächelns kann man den Wohlstand eines Landes ziemlich gut ausmachen. Und zumindest in dieser Hinsicht scheint es uns tatsächlich gutzugehen. Selten sieht man Obdachlose im Müll nach Essen wühlen. Und auch wenn die Bestechlichkeit allgemein zunehmen soll, die Polizisten, die ich bis jetzt so getroffen habe, waren es nicht.
Aber geht es uns – nur, weil alles einigermaßen in Ordnung zu sein scheint und in den Nachbarländern die Autos brennen – gleich *zu* gut? Zu gut im Vergleich zu was? Den Kindern in Afrika?
Wenn hier wirklich alles so spitzenmäßig ist, wieso haben es sich ein Gros meiner ehemaligen Klassenkameraden zum Ziel gesetzt, nicht nur ins Ausland zu gehen, sondern auch gleich dort zu bleiben, in der Schweiz, Schweden, Holland und England? Wieso finden selbsternannte Bildungspropheten wie Richard David Precht

oder Gerald Hüther, die eine radikale Erneuerung des Schulsystems fordern, so viel Zuspruch? Wieso ist Ernährung ein Reizthema, Psychotherapie ein Tabu? Wieso kann meine Oma in Freiburg ein Kellerzimmer für 300 Euro an Studenten vermieten, obwohl es gefliest ist und nicht einmal ein Fenster hat? Wieso gilt Deutschland im Bezug auf Prostitution als das „Thailand Europas"? Und wieso liest man in flippigeren Medien wie dem *Freitag* oder der *taz* jeden zweiten Tag einen neuen Hilfeschrei zum Thema Sexismus am Arbeitsplatz?

Ehrlich gesagt habe ich keine Ahnung, was „zu gut" bedeutet. Wenn es heißt, dass man sich nichts Besseres vorstellen kann, dann geht es mir definitiv nicht zu gut. Zum Beispiel verstehe ich nicht, wieso mir einerseits erzählt wird, immer und überall würden meine Daten gesammelt, ich aber andererseits eine halbe Stunde am Tag damit verschwende, aktiv Buchhaltung zu machen. Könnte man da nicht irgendeine superelegante Lösung finden? Alles nur noch mit Codes klären, die man per SMS bekommt? Ohne den ganzen Papierkram? Wirklich *sicher* ist doch anscheinend sowieso nichts. Abgesehen davon: Bedeutet „zu gut" automatisch, dass man nichts ändern muss? Dass man sich von neun Uhr morgens bis 23 Uhr abends in seinem Ohrenbackensessel fläzt, den Cognac schwenkt und denkt: „Ach, ist das alles herrlich!" Will man nicht, wenn es einem „zu gut" geht, aktiv dafür sorgen, dass es auch langfristig so bleibt? Wenn auch unter der Bedingung, dass der Hase erst mal wieder ein bisschen schlechter läuft? Auch wenn Fußballvergleiche immer blöd sind. Aber wenn ich da an den FC Bayern München in den letzten Jahren denke ... Der FC Bayern misst sich nicht an den anderen, sondern an seinen eigenen Fähigkeiten! Der FC Bayern schaut nur auf sich selbst! Der FC Bayern verschwendet keine Zeit mit wilden Zukunftsprognosen, sondern bleibt immer fleißig, weil er sich Glück erarbeiten will und glaubt, dass Erfolg dann kommt, wenn man ihn verdient! Dafür empfinde ich (und übrigens auch so ziemlich jeder Mensch auf dem Planeten außerhalb Deutschlands) tiefen Respekt. Ich glaube sogar, es ist genau das, was den Unterschied zwischen Platz zwei und Platz eins ausmacht. Auch beim WM-Sieg der deutschen Nationalmannschaft.

Es gibt zwei Gebiete, bei denen ich mit Gewissheit sagen kann, dass es uns verhältnismäßig gutgeht. Zum einen bietet Deutschland ein beispiellos hohes Maß an staatlichen Kulturförderungen für Kleinkünstler, Musiker und Kulturschaffende aller Art. Außerdem ist es – auch wegen der niedrigen Lebensmittelpreise, vor allem aber wegen der KSK – noch möglich, von weniger als tausend Euro im Monat zu (über)leben, was ein Kulturangebot jenseits von Hollywood und *RTL* begünstigt. Doch in ausnahmslos *allen* Künstlerforen und -medien wird ein Abwärtstrend beklagt.
Das zweite Gebiet ist die Deutsche Bahn. Mir ist kein Land von ähnlicher Größe mit einem ähnlich ausgebildeten und frequentierten Schienennetz bekannt. Das macht mich glücklich, weil ich gerne den Zug benutze. Und vielleicht werde ich, wenn ich das nächste Mal in einem ICE mit 180 Minuten Verspätung sitze und mir die Miesepetrigkeit der Gäste um die Ohren fliegt, aufstehen und schreien: „Leute, chillt! Es geht uns zu gut!"
Mal sehen, was passiert.

Lebende Leichen

Im Frühjahr 2014 waren Christian Sommerer, Jazz-Direktor der Universität Regensburg, und ich zwei Wochen lang in Brasilien. Grund dafür ist das im Herbst 2014 stattfindende *JazzAmazonFestival* und ein vom Goethe-Institut finanzierter Bandaustausch. Das Uni Jazz Orchester Regensburg wird dabei unter anderem eine Woche mit einem Boot auf dem Rio Negro unterwegs sein und in Recife Konzerte für Straßenkinder spielen. Das dazugehörige Buch *Mit der Big Band durch den Dschungel* werde ich schreiben.
Die Reise führte uns nach São Paulo, Rio de Janeiro und Manaus – alles zukünftige WM-Städte. Unter anderem sahen wir das Stadtderby *Vasco* gegen *Fluminense* im legendären *Estádio de Maracanã*, der diesjährigen Spielstätte für das WM-Finale.

Ausnahmslos jeder Small Talk handelte von „Futschi-Bohl“. Als Deutscher ist man in Brasilien ohnehin ein gern gesehener Gast. (Wer das nicht glaubt, sollte sich dort spaßeshalber mal als US-Amerikaner ausgeben.) Wenn man dann auch noch erwähnt, dass man Fan des FC Bayern München ist, steht der guten Laune nichts mehr im Weg. Die deutsche Nationalmannschaft wird in Brasilien sehr wohlwollend als Titelfavorit der WM gehandelt. Schweinsteiger und Thomas Müller zählen zu den beliebtesten Spielern – noch vor Dante, Gustavo und Rafinha. In Novo Airão, einem 15.000-Seelen-Dorf mitten im Amazonas, machten wir die Bekanntschaft des Vizepräsidenten des *Novo Airão FC Bayern München Fanclubs* – bestehend aus zwei Personen. Dort sitzen die beiden regelmäßig auf der Dachterrasse, trinken Fruchtsäfte und schauen Fußball, während im Garten kleine Affen durchs Unkraut jagen und man hinter der Terrasse im Rio Negro die Amazonasdelfine ausatmen hört. Als Deutscher ist es nur schwer zu begreifen, was der Fußball für

Brasilien bedeutet. Während der ganzen Zeit vor oder im Stadion habe ich nicht zwei gleiche Schlachtrufe oder Rhythmen gehört. Die Energie im *Maracanã* war unbeschreiblich. Und das, obwohl es nicht einmal zu einem Zehntel gefüllt war, da die Ticketpreise mit rund 50 € pro Spiel für den durchschnittlichen Brasilianer zu hoch sind. Früher soll es dort – zum Beispiel bei dem WM-Spiel Brasilien gegen Uruguay 1950 – Spiele mit über 200.000 Zuschauern gegeben haben. „Eine WM in Brasilien ist das Größte, was du als Fußballer spielen kannst", sagte Mario Gomez kürzlich bei einem Interview mit *ran.de*.
„Das Größte" ist die WM aus brasilianischer Sicht momentan leider nicht.

„Unser Volk wird in ganz großem Stil verarscht", klagte ein befreundeter Saxophonist in São Paulo. „Wir zahlen hohe Steuern und haben unerträglich viel Bürokratie. (Nicht umsonst heißt der Science-Fiction-Film, in dem man sogar seinen Selbstmord per Formular beantragen muss, *Brazil*.)
Aber beim Volk kommt nichts davon an. Zuerst hieß es, die WM würde den Steuerzahler nicht belasten. Jetzt ist es nicht nur die teuerste Weltmeisterschaft aller Zeiten, 90% davon werden aus öffentlichen Mitteln finanziert." Im weiteren Gesprächsverlauf erzählt er, er sei jetzt Anhänger des schwarzen Blocks. Er werde die WM nicht nur boykottieren, er wünscht sich sogar, dass die brasilianische Nationalmannschaft möglichst früh möglichst hoch verliert.
Dieser Groll sitzt nicht nur bei den jungen Querdenkern tief. Am nächsten Morgen sprachen wir mit einer befreundeten hochschwangeren Bankerin. „Die öffentlichen Schulen hier sind eine Katastrophe", sagte sie. „Teilweise erscheinen die Lehrer selbst nicht zum Unterricht. Oder können kein Englisch, obwohl sie Englischlehrer sind." Und später: „Die brasilianische Regierung befürchtet, dass es bei der WM zu Ausschreitungen kommen wird. Deshalb wurden jetzt für den gesamten WM-Zeitraum sofortige,

dreijährige Gefängnisstrafen für alle Demonstranten angekündigt. Wie in einer Diktatur."

In Rio de Janeiro besuchten wir Favelas (brasilianische Armenviertel), die im Zuge der WM-Vorbereitungen „befriedet" wurden – das ist so eine Mischung aus zwangsgeräumt und staatlich unterstützt. Dazu gehören unter anderem die Bereitstellung von Musikinstrumenten und Sportgeräten, die Einführung eines monatlichen Mindestlohns (von umgerechnet 100 € bei ähnlicher Kaufkraft) und Aufstellung mehrerer Wachposten. Wir schlenderten durch eine Straße, in der noch vor zwei Jahren Kinder auf Crack mit Maschinengewehren und Handgranaten durch die Gegend gelaufen sind. Fiel man bei der jeweils regierenden Gang in Ungnade, wurde man mit Frauenkleidung durch die Straßen gejagt, geköpft und der Kopf für alle sichtbar aufgespießt.

Unwohl fühlte ich mich (als „wohlhabender Weißer") in der Favela nicht. Ganz im Gegenteil: Es war schön zu sehen, wie schnell so eine Befriedung offenbar vollzogen werden kann. Die Spielplätze waren besser ausgestattet als bei uns! Schlimm auf der anderen Seite, dass man diese Maßnahmen nicht wegen der Einwohner ergreift, sondern nur, um die Stadt für ein Sportevent herauszuputzen.

„Vor fünf Jahren", sagte ein Taxifahrer bei der Fahrt durch Rio, „habe ich jede Nacht Schüsse gehört." Er erzählte von Krankenhäusern, die leerstehen, weil kein Geld für Ärzte da ist. Als Vater von zwei Kleinkindern ist er ebenfalls *gegen* die WM. Auch er wünscht sich ein frühes Ausscheiden der Seleção. Und das, obwohl er in der WM-Zeit als Taxifahrer voraussichtlich mehrere Jahresgehälter verdienen wird.

„Die Mieten in der Innenstadt", erzählte eine deutsche Reiseführerin später, „sind in den letzten Jahren um ein X-faches gestiegen. Eine Wohnung, die noch vor zehn Jahren 20.000 € gekostet hat, liegt jetzt bei einer halben Million." Die vielerorts beklagte Schere zwischen Arm und Reich schlägt sich in Brasilien oft schon im Stadtbild nieder. In São Paulo fliegen Geschäftsmänner mit

dem Hubschrauber zur Arbeit. Angeblich ist es die Stadt mit den meisten Ferraris. In Rio stehen Luxushotelketten direkt neben den Favelas und beziehen daraus ihre spottbilligen Arbeitskräfte (es verbietet sich fast, in diesem Zusammenhang nicht den Begriff „Sklave“ zu verwenden).
Weiter erzählt die Reiseführerin, dass die brasilianische Präsidentin Dilma Rousseff aus Angst davor, ausgebuht zu werden, von einer Rede bei der Eröffnungsfeier der WM absehen wird.
Auch in puncto Aufklärungsarbeit gibt es in Brasilien viele Baustellen. Vor allem im Hinblick auf Sexismus und Gleichberechtigung. Da wird man selbst in Gesprächen mit gebildeten Brasilianern über soziale Standards als Europäer hin und wieder stutzig. Zum Beispiel wenn ein befreundeter Biologe sagt: „Die Frauen hier in Amazonien sind nicht so wie die Frauen bei euch. Hier sind die Frauen Sextoys. Das ist halt so.“
Am 27.3.2014 – beinahe zeitgleich mit unserer Ankunft in Rio - veröffentlichte das brasilianische Statistikinstitut *IPEA* eine Umfrage, der zufolge 65 Prozent aller Cariocas der Aussage zustimmten, dass Frauen, die Haut zeigen, „es verdient haben, angegriffen zu werden“. Im Anschluss daran gab es eine Internetkampagne verärgerter Frauen, die sich mit nacktem Oberkörper und dem Schriftzug „Ich verdiene es nicht, vergewaltigt zu werden“ ablichten ließen. Das Pikante an dieser Studie: Knapp zwei Drittel der Befragten waren weiblich. (Am 4.4.2014 teilte das Institut mit, Fehler bei der Auswertung gemacht zu haben: Es seien ‚nur’ 26 Prozent.)
Unsere Reiseführerin wurde, seitdem sie vor 20 Jahren von Berlin nach Rio zog, zwei Mal entführt – einmal von ganz „normalen“ Gaunern, ein anderes Mal von der Polizei. „Dreimal dürft ihr raten, welche Entführung schlimmer war“, sagte sie.
Für die Brasilianer, ein Volk, das als überaus stolz und gastfreundschaftlich gilt, kommt die Weltmeisterschaft einer Erpressung gleich: Einerseits wollen sie ihren Unmut gegenüber der Regierung zum Ausdruck bringen und Aufmerksamkeit für die vielen Missstände generieren – denn wann könnte man das besser als während

der Weltmeisterschaft? Andererseits wollen sie den Spaß der Touristen nicht bremsen und sich – zumindest face-to-face – von ihrer besten Seite zeigen.
Das wiederum wird einerseits sehr leicht: Brasilien ist ein unglaublich schönes Land. Mit fantastischem Wetter und dem besten Obst, das man sich nur vorstellen kann. (Eine einzige Papaya dort schmeckt frischer als ein ganzer Obstsalat hier.) Andererseits sehr schwer, weil in den Favelas ganz offensichtlich ein ungebildetes Sklavenvolk, ja, fast schon „gehalten" wird. Und, weil die Absurdität der WM-Planung immer neue Blüten treibt: Die *Arena Amazonia* in Manaus beispielsweise kostete 250 Millionen Euro und wurde einzig für vier WM-Spiele gebaut. Manaus hat nicht einmal einen richtigen Fußballverein. Aber fast zwei Millionen Einwohner und einen Teerbelag, der so marode ist, dass uns gleich bei der zweiten Fahrt ein Reifen platzte – in Straßen, die so gefährlich sind, dass es sicherer ist, bei Rot über die Ampel zu fahren als anzuhalten.

„Fußball und Samba", sagte der Saxophonist in São Paulo, „sind das Brot und die Spiele Brasiliens. Aber diesmal werden sie nichts nützen." Die traurige Wahrheit ist: Verloren hat das brasilianische Volk sowieso schon. Die Bauarbeiten sind abgeschlossen, das Geld ist weg. Und in Rio wird es wegen der Olympischen Spiele 2016 mit den Bauarbeiten vorerst munter weiter gehen.
In Katar sorgte eine (ungeklärte) Vielzahl toter Bauarbeiter für weltweite Empörung. In Brasilien wurden durch die Bauarbeiten Millionen Einwohnern die Chance auf Bildung und eine ausreichende Krankenversorgung verwehrt. Auch die WM 2014 fordert ihre Opfer. Der Unterschied ist: Die Leichen leben noch.

Ironie im Internet

Vor zwei Wochen landete ich durch Zufall auf einer *facebook*-Seite namens *Dinge, die ein Bamberger Student nicht sagt.* Darauf fanden sich unzählige Sprüche nach einem immer gleichen Schema: „Gott, ist das Mensa-Essen lecker", „Freibier? Nein, danke", oder: „Die Busse sind stets pünktlich und wohltemperiert."
Ironie also in seiner simpelsten Form. Ich hielt das für eine nette Idee. Mäßig amüsant, aber nicht unsympathisch. Vor allem wegen des Lokalkolorits. Ich habe fünf Jahre in Regensburg studiert. Eine Stadt, die sich in vieler Hinsicht mit Bamberg vergleichen lässt. Sätze wie „Unsere DJs könnten es auch international weit bringen" oder „Mich kennt hier ja eh keiner", brachten mich zum Lachen.
Eine Woche später sah ich wie eine Freundin „Hahahahaha" auf eine Seite schrieb. Sie hieß: *Dinge, die ein Trierer Student nicht sagt*. Natürlich funktioniert sie nach gleichem Prinzip. Ähnlich wie bei *Wikipedia* wurde eine Gemeinschaft aufgefordert, Sprüche einzusenden, die im Grunde nichts sind als Lobgesänge auf alles, was nervt. Verspätungen, Abgabefristen, schlechtes Bier, David Guetta. Ich begann zu recherchieren. Mittlerweile gab es: Köln, München, Stuttgart und sämtliche Fakultäten (zum Beispiel: *Dinge, die ein Biologiestudent nicht sagt*). Fast alle hatten mehr als 2.000 Likes. Außerdem gab es eine *facebook*-Seite namens *Dinge, die ein Student nicht sagt*, die nicht einen Tag alt war und schon 50.000 Mal geliked wurde.

„Na und?", könnte man an dieser Stelle – zu Recht – fragen. „Was sind denn schon Likes?"
Ich dachte lange Zeit genauso. Doch seitdem ich als hauptberuflicher Poetry Slammer und Veranstalter arbeite, hat das Internet für mich auf beunruhigende Art an Bedeutung gewonnen. Als Poetry

Slammer entscheidet die Internetpräsenz mittlerweile maßgeblich darüber, wie gut man „wahrgenommen“ (also bezahlt) wird. Einem Veranstalter kann die geschickte Nutzung des Internets im Allgemeinen und *facebook* im Speziellen viel Mühen ersparen. Das Verteilen von Flyern zum Beispiel. Das Promoten von Gewinnspielen. Oder einfach die Frage, ob noch jemand beim Getränkeverkauf helfen könnte.
Zwar sagt die Teilnahme bei Veranstaltungsseiten fast nie etwas über den tatsächlichen Andrang aus, doch gerade bei einer Veranstaltungsserie („jeden dritten Donnerstag im Monat“) führen diese Seiten langfristig zu einem Besucherzuwachs. Außerdem dauert es keine zehn Minuten, sie zu erstellen. Ich würde sogar so weit gehen, zu sagen, dass einem jede Zusage bei *facebook* mindestens einen Euro einbringt. Und jeder Like einen Euro pro Jahr, ab einer bestimmten Zahl sogar pro Monat.
Es gibt demnach einen Grund dafür, dass Firmen mittlerweile viel Geld für Likes ausgeben.

Ich erstellte also eine Seite namens *Dinge, die ein Regensburger Student nicht sagt*. Eine gute Möglichkeit, dachte ich, um Veranstaltungen in Regensburg zu bewerben. Schließlich ist das genau mein Publikum: Studenten, die in Regensburg wohnen, zu viel Zeit haben, sowie ein rudimentäres Gespür für Humor.
Die Erstellung der Seite dauerte eine Viertelstunde. Ich suchte im Internet nach Fotos der Uni und dem einer hübschen Frau mit einem Glas Bier in der Hand. Als Initialzündung kopierte ich ein paar Sprüche von den anderen Seiten und lud circa dreißig Freunde ein, die in Regensburg wohnen. So weit, so normal. Dann wurden die Dinge absurd. Noch am selben Tag hatte ich 300 Likes sowie unzählige Einsendungen von Sprüchen. Mit jeder Minute wuchs die Zahl wie ein kleines Bäumchen. Oder besser: ein Bäumchen, das nicht gegossen werden musste. Ein Gummibaum, mein eigener kleiner Zahlengummibaum, der wuchs und wuchs und nur darauf wartete, irgendwann gemolken zu werden.

Am nächsten Tag waren es 1.000 Likes. Außerdem meldete sich der Bayerische Rundfunk, ob er nicht ein Interview mit dem „Team" machen könnte. Dass das Team nur aus einer Person bestand, die aktuell weder in Regensburg wohnte (sondern in Köln), noch dort zur Uni ging, verschwieg ich.
Nach drei Tagen hatte ich fast die 2.000 voll. Am Nachmittag folgte ein ziemlich skurriles Telefoninterview, in welchem ich nicht nur manche der Sprüche erklären, sondern auch beschreiben sollte, wie es war, als ich die Idee zur Seite hatte. Ich bemühte mich, so viele Fragen wie möglich mit „Ja" oder „Nein" zu beantworten, was die Hysterie der Moderatorin ins Unermessliche steigerte. Wie immer betonte sie alle Wörter aus dem Internet-Jargon seltsam über. Sie sagte *SKROOLEN* statt scrollen.
„Dann *SKROOL* dich doch mal für uns durch die Seite und erzähl uns deine witzigsten *POOSTS* hihi."
Zuletzt fragte sie: „Glaubst du, dass der Hype um die Seite in der nächsten Zeit wieder abnimmt?"
Ich antwortete sinngemäß etwas wie: „Hm." (Was gibt es zu Hypes schon groß zu sagen? Hypes sind wie thermodynamische Systeme: Niemand versteht thermodynamische Systeme.)

Am vierten Tag ist die Seite fast so beliebt wie die offizielle *facebook*-Seite der Regensburger Universität, welche irgendwo bei 5.000 stagniert. Inzwischen hat die Seite nicht nur „Köln", „Stuttgart", „Biologie" und „Mathematik" hinter sich gelassen, sondern sich auch zu einem starken Tool der lokalen Problemanalyse entwickelt. Aufgrund der Einsendungen weiß ich viel, was ich vorher nicht wusste: dass die neue Bushaltestelle nicht vor Unwetter schützt. Dass die Dönerläden in der Stadt teurer geworden sind. Dass das Mensa-Essen in letzter Zeit wohl oft kalt und versalzen war.
Die Versuche anderer Seiten, meine Seite als Werbung oder Sprungbrett zu verwenden, unterbinde ich nach Möglichkeit. Allerdings kann ich es kaum erwarten, ihre Tauglichkeit als Werbeplattform

selbst zu testen. Zwei Wochen muss ich noch warten, dann findet der erste Regensburger Hörsaalslam statt. Mit über 500 Sitzplätzen, Eintritt: drei Euro.

Außerdem denke ich viel über den Wert von Ideen nach. Durch die Möglichkeiten des Internets, heißt es ja oft, käme es im Grunde nur noch auf die Idee an. „Eine gute Idee und ein bisschen Know-how reicht, dann kannst du dich selbständig machen! Kapital brauchst du – abgesehen von einem internetfähigen Computer – keines mehr!" Und auch das Know-how wird über die Möglichkeiten von *facebook* hinfällig.
Selbst meine Oma, die noch nie einen Computer benutzt hat, könnte nach zwei Tagen eine *facebook*-Seite erstellen.
„Eine gute Idee ist alles." Wirklich?
Wie wertvoll eine Internet-Idee ist, sieht man ja daran, wie leicht sie sich kopieren lässt. Patentieren oder rechtlich schützen kann man sich eine Idee à la *Dinge, die ein ... nicht sagt* genau so wenig wie das Schema, nach dem Chuck-Norris-Witze oder Deine-Mutter-Sprüche funktionieren. Die oft gepriesene Dynamik, Freiheit und Transparenz im Internet als einzige große juristische Grauzone, kann einem innerhalb weniger Sekunden zum Verhängnis werden, wenn man – so wie ich – von seiner Kreativität leben möchte.
Bei aller (vermuteten) Nützlichkeit betrachte ich *Dinge, die ein Regensburger Student nicht sagt* nämlich auch als Experiment dazu, wie dreist man sein muss, um Erfolg zu haben.

Das Ergebnis gefällt mir nicht.

Ironie

Ironie ist nicht das, was der Leser nicht versteht. Wenn ich etwas aufschreibe, wie *Skibndubapschubndidu*, dann ist das nicht Ironie, sondern – wie der Bayer sagen würde – „a gscheiter Kas".
Und *verstehen* würde man es sicher nicht.

Es hat sich mittlerweile *hartnäckigst* das Gerücht verbreitet, Ironie sei so etwas wie das Merkmal von Intelligenz. Am intelligentesten ist der, der sich am ironischsten ausdrückt.
Dabei gibt es keine Steigerung von Ironie. Es gibt auch keine Steigerung von Senf. Oder Dackel.
Es gibt keine Ironie, die ironischer ist als eine andere.
Die Karikatur von einer Karikatur ist immer noch eine Karikatur. Da kommt dann auch niemand an und sagt: „Gott, wie karikaturös!"

Ironie ist eine Krankheit, die jede Diskussion zersetzt.
Am schlimmsten in der Politik. Beim letzten Wahlkampf stand auf einem Plakat der Linkspartei: „Reichtum für alle." Und auf einem anderen: „Reichtum besteuern." Und als Gysi darauf angesprochen wurde, sagte dieser, das sei ironisch. WAS SOLL DAS?
Wenn ich zum Kiosk gehe und einen *Caramello Koala* kaufe, weil ich Hunger habe, will ich ja auch nicht, dass mir der Verkäufer ein Foto von einem *Caramello Koala* gibt. Nein, dann will ich meine verfickte Schokolade!

Ironie im Wahlkampf ist sinnlos. Und Leute, die heute ironisch sind, sind nicht besser als die, die in der Schulzeit immer gesagt haben: „Selber!" Oder: „Spiegel!" Oder: „Doppelter Spiegel! Alles, was du zu mir sagst, bekommst du zweimal zurück."

Am liebsten hätte ich die damals mit meinem JoJo erdrosselt. „Hey, kennst du *Rock the Baby on the Eiffel Tower?*“ Und dann einfach: Zack! Schließlich ist es überhaupt nicht schwer, ironisch zu sein. Entweder du betonst alles so, als wäre es *Alle meine Entlein*: „Gott, ist das Mensa-Essen lecker.“ „Die Busse sind aber mal wieder leer.“ „Eine Seite mit dem Titel: *Dinge, die ein Regensburger nicht sagt.* Nein, wie originell!“ „Au ja, ein Leseabend. Klingt richtig klasse. Ich kann‘s kaum erwarten!“
Oder – noch feiger – du sagst irgendwas und behauptest hinterher, das sei ironisch gemeint. Was wirklich faul ist. Schließlich erkennt man Ironie ohne deren Kennzeichnung genauso undeutlich wie ein Spiegelbild ohne Rahmen.
Sätze, die geäußert werden, obwohl der Äußernde zum Zeitpunkt des Äußerns selbst nicht weiß, wie sie gemeint sind, sind der Inbegriff der Witzlosigkeit ... und bringen mich ganz außer mir.
Das ist wie ein Zauberer, der eine Frau zersägt und dann sagt: „Voilà. Jetzt ist sie tot.“

Verstehst du? Deine Ironie ist künstlich. Ironie ist nichts, was es in der Natur gibt. Ein Tapir ist nicht ein ironischer Elefant. Und eine Birne nicht ein ironischer Apfel, ein Bein nicht ein ironischer Arm und ein Tentakel nicht ein ironischer Schwanz.
Man kann nicht ironisch satt sein. Oder ironisch krank. Man kann seine Freundin auch nicht ironisch schwängern. Klar, manche Kinder sehen aus, als hätte man das gemacht. Aber trotzdem.
Deshalb ist es total albern, wenn jemand sagt, dass er etwas ironisch hört. Entweder du hörst was oder du hörst es nicht. „Ich höre Britney Spears ironisch.“ Was soll das bedeuten?
Ich habe noch nie irgendwas ironisch gehört. Wenn meine Familie beim Campingurlaub ums Lagerfeuer herumsaß und *Die Affen rasen durch den Wald* gesungen hat, bin ich irgendwann aufgestanden und hab gebrüllt: „Jetzt im Ernst, Leute, wer hat die scheiß Kokosnuss geklaut?“ Und dann bin ich beleidigt ins Zelt gegangen.

Leute an der Universität halten das, was ich sage, auch immer für ironisch. Wenn ich zu einem Obdachlosen hingehe und sage: „Sie, mein Herr, sind ein Spast", dann haut er mir eine runter. Völlig zu Recht! Wenn ich dasselbe bei einem Philosophiestudenten mache, sagt er: „Hab dank, oh edler Sir. Welch formidables Kompliment!"
Du kannst etwas auch nicht ironisch anschauen. Leute denken immer, ich würde mich ironisch kleiden. Meine Kleidung sei ein karikaturöser Kommentar zu ihrem Äußeren. Dabei kleide ich mich einfach nur so, wie ich mich kleide, weil mir schon drei Minuten am Tag, in denen ich mir über mein Aussehen Gedanken machen müsste, zu viel wären. Am liebsten würde ich nackt rumlaufen, aber das ist verboten, also ziehe ich mir etwas an. Ich trage Turnschuhe, weil ich oft zum Bus rennen muss. Jeans, weil die nicht so schnell kaputt gehen. Schlabbrige T-Shirts, weil ich nicht mit meinem Oberkörper angeben will. Kapuzenpullis, damit ich immer eine Kopfbedeckung dabei habe und Haare, weil die der beste Beweis dafür sind, dass mein Kopf noch arbeitet.
Und wenn ich tanze, dann bewege ich mich auch nicht ironisch. Ich tanze einfach nur schlecht. Und zwar nicht so schlecht, dass es schon wieder gut ist, sondern *schlecht schlecht schlecht*. (Ja, das gibt es.)
Vor lauter Feigheit und Ungeduld stückelst du dir deine Weltanschauung zusammen wie einen Flickenteppich. Hier machst du *Grab-the-Stars* und da den *Rasensprenkler* und dann wieder den *Einkaufswagen-Move*. Aus Angst davor, mal ins Klo zu greifen.

Wenn man intelligent ist oder sich für intelligent hält, dann sollte man diese Intelligenz doch nutzen, um aktiv an der Welt etwas zu verbessern. Und nicht, um sich möglichst so auszudrücken, dass einen kein Mensch versteht. Klar, ist 'ne explosive These. Ich meine, wenn man die ernst nimmt, müsste man ja alle Geisteswissenschaften abschaffen. Pardon. Ich meine alle Geisteswissenschaften *außer* EWS.

Versteh mich nicht falsch. Ich finde es nicht schlimm, wenn man die Dinge nicht so ernst nimmt. Ich finde es auch nicht schlimm, wenn man Dinge persifliert. Aber wenn ein Zauberer eine Frau zersägt und diese danach tot ist und du kommst dann und sagst: „Das war jetzt aber ein besonders toller Trick“, dann musst du verstehen, wenn ich sage: „Nein, du Spast. Das war a gscheiter Kas.“
So wie ich es verstehen muss, wenn du dann sagst: „Selber!“

Ich bin total politisch und so

Ich bin total politisch und so! Das sieht man doch! Ich wasch mir nicht die Haare und sehe aus wie ein Kakadu!

Dafür trage ich ausgewaschene Jeans mit kleinen Löchern. Das ist sehr praktisch, damit ich immer und überall mit meiner Hose Nudeln abgießen kann. So etwas braucht man im Straßenkampf.

Ich sehe mir gerne politisches Kabarett an. Beim Thema FDP lache ich besonders laut, um zu zeigen, dass ich den Witz verstanden habe.

Wenn ich nicht gerade Zeitung lese oder auf der Wiese sitze und selbstgeschriebene Songs auf einer selbstgebastelten Gitarre spiele oder meiner Freundin selbstgeperlte Perlen ins Haar perle – an allen vier Stellen – diskutiere ich angeregt mit meinen Genossen.

Zum Beispiel über folgende Themen: Wie kann es sein, dass wir die ganze Zeit hilflose Schweinchen töten, obwohl uns die Schweinchen gar nix getan haben? Besitzen die Schweinchen Erdöl? Und wenn die da oben alle unter einer Decke stecken, sind wir hier unten dann nicht irgendwie auch drunter?

Manchmal gehe ich aber auch einfach auf Demonstrationen und kämpfe gegen Nazis. Nazis find ich nämlich voll doof. Genau wie Bullenschweine.

Einmal hab ich zu einem Bullenschwein gesagt: „Hey, du verfickter Drecksbulle! Deine Mutter lutscht Schwänze in der Hölle!"

Ich hab das mehr so im Spaß gemeint. Aber der Bulle hat das gar nicht witzig aufgefasst und mich dann einfach mit einer Wasserpistole nass gespritzt.

Ich meine: Geht's noch?!

Vor zwei Wochen hab ich selber eine Verschwörung gestartet. Meine Freunde und ich, wir haben uns vorgenommen, keinen Mercedes zu kaufen. Das ist sehr praktisch, weil wir uns den eh nicht leisten können. Außerdem häkeln wir Straßenlaternen mit neongelber Wolle ein, um dem allgegenwärtigen Diktat der Sitten einen Riegel vorzuschieben und damit unsere nonkonformistische Haltung zum Ausdruck zu bringen. Aber irgendwie hab ich das Gefühl, dass das niemand checkt. Meistens höre ich nur ein „Schau mal! Strickende Penner!", bevor wir von den Polizeiarschis zur Raison gebracht werden.

Homophobie find ich auch voll schwul. Ehrlich. Wie kann man jemanden anders behandeln, nur, weil er anders tickt? Das ist ja, als würde ich einen Passanten anbetteln, nur, weil er einen Anzug trägt ... Ach ne, das ist anders.
Ich benutze kein Internet. Und auch kein Handy, weil ich der *NSA* nicht traue. Ich benutze Brief-Kalle. Das ist so eine Art Brieftaube nur als Mensch, dem man ein kleines Papierröllchen in seine erweiterten Ohrlöcher stecken kann mit den Worten: „Flieg, Brief-Kalle!" Und der das dann meinen Kumpels überbringt.
Wehe, jemand lacht, dann räche ich mich mit *Guerilla Gardening*! Hab ich schon mal gemacht. Bin einfach zu jemandem gegangen und hab Tulpenzwiebeln in seinen Vorgarten gepflanzt. (Voll schön.)

Ich verstehe nicht, wieso nicht alle Leute so politisch sind wie ich. Schließlich ist das gar nicht so schwer.
Es kann uns doch auch nicht egal sein, was mit diesem Land passiert. Also mir schon. Aber anderen doch nicht. Wenn ihr also Lust habt, schließt euch unserer Gruppe an.
Was wir als Nächstes starten? Hm. Mal sehen.
Vielleicht ein Pfannkuchenverkauf oder so. Wir hätten zumindest alles da.
Du müsstest nur noch mitbringen:

6 Eier
350g Mehl
80g Zucker
1/2 Liter Milch
1 Handrührgerät
80g Butter
bisschen Salz
1 Pfanne
Und die gute Laune! Zugegeben, der letzte Pfannkuchenverkauf ging ziemlich in die Hose. Brief-Kalle hat versucht, sich mit Rum-Aroma zu betrinken und als es nicht klappte, strickte er vor Wut eine Telefonzelle ein.
Ein kleines, auf Wolle allergisches Kind, das seine krebskranke Mutter anrufen wollte, wurde dabei eingeschlossen und starb. Wir waren uns ziemlich sicher, dass das nicht seine Message war. Aber jetzt sitzt *er* im Knast, und ich muss ins Internet gehen, um Botschaften zu versenden. Aber so leicht mache ich es der *NSA* auch wieder nicht und beende jede Nachricht mit einem „Bombe Terror Präsident Fukushima".
Oder ich spiele nachdenkliche Songs auf meiner Gitarre. Mein Lieblingslied trägt den Titel „Fick nicht das System, denn es tut mit jemandem anderen gehen".
Hab da mal was gelesen, nennt sich „Subversion durch Affirmation". Aber wahrscheinlich checkt das eh wieder keiner.

Der Markt regelt das

Wenn du traurig bist.
Und du fühlst dich ... müßig,
so als hättest du heute ein *Down* gefrühstückt
Wenn die Welt um dich herum verblasst.

Hab keine Angst: *Der Markt regelt das.*

Wenn sich die Menschen
auf die Nasen hauen,
sich selbst Halbstarke
nicht mehr vor die Haustür raus trauen.
Hab Geduld, mein kleiner Fratz.

Denn: *Der Markt, er regelt das.*

Wenn Mülltonnen und Autos brennen,
selbst Volvos dem Feuer nicht standhalten können.
Wenn die Dinge entgleiten als wärst du Harry Potter und die Gerechtigkeit ein Schnatz.
Habe Vertrauen.

Denn: Der Markt regelt das.

Wenn deine Freundin fragt:
„Seh ich in dem Kleid dick aus?
Ich hab das Gefühl, dass ich platz.“
SAG AUF KEINEN FALL DIE WAHRHEIT.

Punkt.

Aber wenn du frische Tomaten brauchst,
samstags um halb acht.

Geh auf den Markt,
er regelt das.

Glaub an den Markt,
morgen wie heute.
Nur denk dran: Er
regelt auch für andre Leute.

Brum brum brum.
Das Gedicht ist jetzt um.

Unhistorisches Gespräch

„*Boah.* Mein Diktator ist voll unchillig. Und wie ist deiner so?"
„Auch voll unchillig."
(zusammen): „Hey Diktator! Mach dich mal locker."

Moderne Post / Cry Me A River

Im Chat.

ANDI: Hey.

ICH: Hallo.

ANDI: Du hast doch Mathe studiert ...

ICH: Alter, ich bin im Urlaub.

ANDI: Ne, komm nur ganz kurz.

ICH: Okay.

ANDI: Ich brauch eine Rechnung für einen Text. Und zwar: Wie viele Tränen (eine Träne wiegt 15 Milligramm) braucht man, um die mittlere Abflussgeschwindigkeit der Isar zu errechnen für mindestens eine Sekunde. (Die mittlere Abflussgeschwindigkeit der Isar ist 175 Meter hoch 3 pro Sekunde.)

ICH: Geschwindigkeit und Masse haben nichts miteinander zu tun. Wie breit ist die Isar?

Ein Tag später.

ANDI: Sorry, war spät. Ich meinte nicht Abflussgeschwindigkeit, sondern Volumen. Bei Wikipedia ist mittig rechts die mittlere Abflussgeschwindigkeit angegeben mit 175 Meter hoch 3 pro Sekunde.

ICH: Aber das hat doch auch nichts mit der Masse zu tun.

ANDI: Kein Plan. Ich kenn mich mit Physik nicht aus.

ICH: Schau mal: Bei Meter hoch 3 pro Sekunde kommt nirgends eine Gewichtseinheit vor. Wenn du weißt, wie viel Kilogramm Wasser an einem Punkt der Isar im Durchschnitt entlang fließt, kannst du das easy errechnen. Noch einfacher wäre das durchschnittliche Volumen einer Träne. Was ist das überhaupt für eine scheiß Frage?

ANDI: Also. Ich habe einen Text über Drohnen geschrieben und Bedeutungswandel und Abstraktion. Die Aussage ist halt, dass man im Grunde Sprache konkret machen muss und das möchte ich tun am Ende. Im Englischen gibt es die Formulierung *„cry me a river“*. Insgesamt sind 3.000 Menschen getötet worden durch Drohnenangriffe. Optimal wäre jetzt eine Rechnung zu erstellen, bei der diese 3.000 Toten die Grundlage darstellen dafür, dass mindestens eine Sekunde lang äquivalent irgendeinem bekannten Fluss ist. Die Rechnung wäre zum Beispiel 3.000 mal zehn Leute, die um sie heulen, für eine Stunde in der Woche sechs Monate lang, wobei in einer Stunde zum Beispiel 300 Tränen entstehen, während eine Träne besagtes Volumen hat.

ICH: Lol. Haha. Du Spast.

ANDI: Ich müsste die Rechnung halt so frickeln, dass sie für irgendeinen Fluss oder Kanal passt. You know what I mean?

ICH: Ihr immer mit eurer scheiß Poesie.

ANDI: Komm schon. Das wäre ein Mördereffekt.

ICH: Warte.

Eine halbe Stunde später.

ICH: O.k. Jetzt weiß ich, was du brauchst. 175 Meter hoch 3 pro Sekunde mittlerer Abfluss bedeutet, dass in der Isar im Durchschnitt in einer Sekunde an einer Stelle 175 Meter hoch 3 Wasser fließen. Nimm das durch 1,5 mal 10 hoch minus 5 Meter hoch 3 und du hast die Anzahl an Tränen, die das sind, nämlich ungefähr zwölf Millionen Tränen.
Zwölf Millionen durch 6 mal 30 mal 300 gibt dann an, wie viele Leute in sechs Monaten die „Isar heulen", wenn sie die durchschnittliche Heulzeit am Tag eine Stunde beträgt und dabei je 300 Tränen produziert werden.
Wenn ich die exakten elf Komma Periode sechs Millionen Tränen nehme statt den gerundeten zwölf Millionen Tränen, komme ich auf 216. Das heißt, wenn zehn Personen pro Töter ein halbes Jahr trauern, reichen ca. 22 Tote, um die Isar zu heulen ... Ziemlich wenig, wie ich finde.

ANDI: Danke.

ICH: Du kannst dieselbe Rechnung übrigens auch mit dem Nil durchführen.

ANDI: Jaja.

ICH: Oder du sagst: Wenn 3.000 Sterben und 10 pro Toter trauern, heulen die (bei entsprechender Rechnung) 3.000 durch 22 gleich 136 mal die Isar.

ANDI: Ich sagte: Danke.

ICH: Ach mist, ich habe überall die Sekunde vergessen. Es heißt natürlich: Eine Sekunde die Isar heulen. Oder zum Beispiel: 136 Sekunden die Isar heulen.

Zwei Wochen später.

ANDI: Kannst du die Rechnung nochmal durchgehen? Du hast da irgendwo paar Nullen vergessen.

ICH: Stimmt. Mei. Ich bin Mathematiker. Wir rechnen normal ja gar nicht.

ANDI: Scheiß drauf. Die Leute haben trotzdem geklatscht.

MUNDHAAR-MONIKA: Hallo. Ich komme auch noch in diesem Text vor. Schön, wie sich der Kreis schließt, stimmt's?

TKKG und Timmy der Hund gegen die böse Postmoderne

Gabi: Etwas ist passiert.

Klößchen: Jedenfalls sind die Dinge krass unübersichtlich.

Karl: Seit wann ist denn alles nur noch ein Zitat? Ich hab das Gefühl, ich kann nur noch zitieren und dann Zitate zitieren. Und dann zitieren, wie ich zitierte Zitate zitier. Ich wache auf, weil mein Zitat klingelt. Dann putze ich mir mit einem Zitat die Zähne, und sogar in meinem Spiegel sind an beiden Seiten meines Kopfs kleine Anführungsstriche. Dann steige ich in mein geleastes Zitat und fahre damit zur Arbeit und grüße meine Kollegen mit den Worten, mit denen schon Goethe damals Beethoven gegrüßt hat, nämlich: „Hallo." Aber verstanden werde ich dabei genauso wenig, hocke acht Stunden vor dem PC und hacke Buchstaben in die Tastatur, wohl wissend, dass tausend Affen an tausend Schreibmaschinen in tausend Jahren sogar den Zauberberg schreiben könnten, wenn sie nicht Affen wären, sondern Thomas Mann.
Was ist „Zitat" überhaupt für ein Wort? Klingt wie ne Mischung aus „Zitze" und „Spagat". Aber keine gute Mischung, sondern mehr so wie 'ne Meerjungfrau mit dem Fischteil oben.

Timmy: Wuff.

Tim: Hallo. Ich bin Tim. Aber alle nennen mich Tarzan.

Alle: Cool, der Tarzan.

Tim: Digga, was soll ich denn sagen? Ich bring die Dinge auch krass durcheinander. Bis zu meinem achten Lebensjahr dachte ich, *Charlie und die Schokoladenfabrik* wäre ein Schwulenporno.

Klößchen: Apropos Schokolade. Ich glaub, ich brauch jetzt 'ne Tafel.

Tim: *Serious*?

Klößchen: Ja. Die hilft beim Schokolade essen.

Gabi: Kollegen. Das ist die Postmoderne. Postmoderne bedeutet, dass man sich damit abgefunden hat, dass es alles schon mal gab. Und, dass man die Dinge eigentlich nur zitieren kann oder persiflieren oder ironisch kommentieren, auch wenn bei Letzterem keiner so genau weiß, was das eigentlich ist. So wie niemand weiß, was der Unterschied ist zwischen einem Spiel mit Klischees und der Verwendung von Klischees. Wenn ein Jungendbuch mit Bösewichten *Ali Baba und die vierzig Taccos* heißt, ist das okay. In einem Kinderbuch hingegen muss seit diesem Jahr das N-Wort gestrichen werden.

Klößchen: Welches N-Wort meinst du? *N-Sync*?

Karl: Versteht ihr denn nicht, was die Vagina euch sagen will? In der Postmoderne ist alles erlaubt. Alle Strukturen lösen sich auf! *LULU LU LU LU LU U U* ...

Timmy: Wuff.

Klößchen: Keine Panik, ihr Eumel. Hier. Esst erst mal eine Schokolade.

Tim: Wenn du so weiter machst, bist du irgendwann so dick, dass du dein Essen mit der Haut schlucken kannst. Wie eine Amöbe.

Klößchen: Vielleicht ist meine Figur ja auch nur ein ironischer Kommentar. Hast du daran mal gedacht, du Blödmann?

Tim *(überlegt)*: Hallo, ich bin Tim, aber alle nennen mich Tarzan.

Alle: Cool, der Tarzan.

Tim: Ich beherrsche über sechs Millionen Kampfstile. Das ist ein Kampfstil pro Schamhaar, das ich nicht besitze! Kommst du mir mit der Lotusblüte? Digga, dann mach dich gefasst auf das fliegende Totenkopfäffchen!

Gabi *(verträumt)*: Ich wäre gerne deine Lotusblüte.

Tim: Und ich gerne deine Kinderüberraschung. Wir sind beide vierzehn, also ist es nicht pervers.

Klößchen: *Hmm.* Kinderüberraschung. Das erinnert mich daran, dass ich vor elf Uhr noch 20 Überraschungseier essen muss, sonst tanzt mein Blutzuckerspiegel Cha-Cha-Cha.

Karl: Ich flippe noch total aus. Immer diese Sprüche und Schnipsel und Versatzstücke. Ich hasse diese Patchwork-Scheiße. Man kann ja kaum noch seine Mütter zum Kaffeeklatsch schicken, ohne zu befürchten, dass die miteinander durchbrennen. Wo gibt es denn noch klassische Rollen? Wo werden denn bitte noch Geschichten erzählt? Und ich meine richtige, epische Geschichten. Dramatische Geschichten. Zwei Menschen verlieben sich unsterblich, drücken sich mega kompliziert aus, die Frau putzt das Fenster, der Mann tötet den Drachen, und am Schluss bekommt er einen Pfeil in die Ferse, welche zufällig das einzige Fleckchen Haut war, das nicht von einer speziellen Schicht überzogen ist.

Klößchen: *Hmm.* Spezielle Schicht.

Karl: Das ist die Kunst, die wir brauchen. Tristan und Isolde! Oder irgendein abgefuckter Lyrikband von Hilde Domin.

Klößchen: *Hmm.* Palmin.

Tim: Ich mach jeden Drachen fertig. Digga, ich kann die Kobra. Du bist schneller tot als du „Dachterrasse ist ein Anagramm von Schinkentoast" sagen kannst.

Gabi *(verliebt)*: Darf ich deinen Mittelohrknochen streicheln?

Karl: Gibt es überhaupt noch einen Platz für Liebe? Und ich meine nicht die Liebe aus einem Schlager. Oder die Liebe eines Typen, der am Lagerfeuer sitzt und das Intro von *The House Of The Rising Sun* verkackt. Ich meine die Liebe zwischen Mann und Frau, Frau und Frau, Metzger und Kunde, Liger und Tigon oder der eines Volvo-Fahrers zu Qualität. Die Liebe einer Sechs zu einer Neun, einer Schmeißfliege zu einem Hundehaufen. Oder einer Französischlehrerin zu nasalem Gestöhne. Wisst ihr was „Ein Esel hat eine Ananas" auf Französisch heißt? „Un âne a un ananas."
Von dieser Liebe rede ich nicht! Ich rede von käuflicher Liebe, von unerwiderter Liebe, von Liebe auf den ersten Blick, romantischer Liebe, göttlicher Liebe, sterblicher Liebe, unsterblicher Liebe oder Liebe, die zwar noch nicht tot ist, aber auch nicht mehr richtig lebendig. So wie Günther Grass. Ich rede von *Bedeutung*.

Klößchen: Und ich rede von Schokolade.

Timmy: Wuff.

Tim: Karl hat recht! Hätte ich es nicht mit meinen eigenen Ohren gehört, hätte ich es nicht mit meinen eigenen Ohren geglaubt!

Gabi *(verliebt)*: Soll ich dir zeigen, wie ich zu meinen Ananässen sage ... auf Französisch?

Klößchen: Wisst ihr, was ich gut fände? Wenn ich meine Hausarbeiten nach Schokoladensorten benennen würde. Stellt euch mal vor, wie cool das wäre: *Rationalismus und Empirismus – Jetzt mit Traube-Nuss*. Oder: *Der Zeitbegriff bei Heidegger – Weiße Crisp*.

Gabi: Wenn du mir die größte Praline der Welt zeigst, zeig ich dir, wieso man mich wirklich Pfote nennt ...

Tim: Digga, *seriös*?!

Karl: Moment! Die schrumpelige Klitoris hat recht! Wenn man die Postmoderne wirklich bekämpfen will, geht das nur mit Liebe.

Tim: Stimmt! Und da du vollkommen asexuell bist und Klößchen dick ...

Gabi: ...müssen wir beide Liebe machen.

Tim: Super. Das heißt, du backst mir einen Kuchen und ich darf dafür Fußball gucken. Wie findet ihr das, Kollegen?

Klößchen: Cremig, voll Banane. So wie das Top in *Toblerone*!

Karl: Oder das Prima in „komplexe Prim-Addition"!

Timmy: Wuff.

Karl: Schaut mal, Timmy ist eifersüchtig.

Alle lachen.

Rote Plastikherzen

Ich liebe dich
sind auch nur drei Wörter
aus dem Fernseher.

Romantik –
nichts als ein Katalog
vergammelter Bräuche.

Ich würde Dir ja
rote Plastikherzen schenken,
zur Musik von James Blunt.

Aber ich fürchte,
dazu mag ich dich einfach zu sehr.

Ziemlich romantisch

Als meine Freundin beschloss, ihr Au-pair in Peru zu machen, sah ich die Sache positiv. Immerhin würde ich sie ein halbes Jahr nicht sehen.

Doch natürlich überkamen auch mich schnell die Sehnsucht und die Frage, was eine Beziehung zu einer Beziehung macht. Sind es die Gespräche, der Sex, die Treue oder die Gewissheit, dass man zusammenbleibt, egal was passiert? Die Beziehung also quasi als Versicherung dafür, dass man auch dann immer noch einen gehobelt bekommt, wenn man fett, hässlich, pleite ist und stinkt. Das fände ich ziemlich romantisch.
Und immerhin waren wir zu dem Zeitpunkt, als meine Freundin nach Peru ging, schon drei Jahre lang zusammen, eine Zeit voller Freude und gegenseitigem Respekt. Sie sagte mir nicht, dass ich komische Nippel und ich ihr nicht, dass sie Mundgeruch hatte. Beziehung halt. Das ist, wie wenn man den ganzen Tag Kohlrabi frisst und sich zwingt, zu denken: „Hm, lecker, Kohlrabi." Bis man es wirklich nicht mehr schlimm findet. Und der Kohlrabi nach den buntesten Früchten schmeckt. Kochbanane, Mango-Papaya oder Kahlua-Ingwer-Agave. Man garniert das Ganze vor lauter Vorfreude mit einem kleinen Schirmchen aus Papier und hört beim Reinbeißen die Engel singen. Man isst *Kohlrabi con fungi, Kohlrabi sin carne*, *Sex on Kohlrabi*, *Kohlrabi au vin, Penne Kohlrabiata* oder eine Pizza *Vier-Kohlrabi-Zeiten.*
Es ist so unglaublich schwer, etwas über Beziehungen zu sagen, ohne dabei zu klingen wie Mario Barth oder Cecilia Ahern. Entweder man verfällt in dieses typische, widerlich klischeebehaftete „Männer können gut Auto fahren, Frauen kaufen den ganzen Tag Schuhe". Und dafür bin ich mittlerweile hypersensibilisiert,

seitdem ich mit Kaleb Erdmann rumhänge, einer Person, die so geladen auf das Thema Sexismus reagiert, dass er mir fast an die Gurgel gesprungen wäre, als ich sagte, seine Freundin sei nett.
Oder man drischt Phrasen à la: „Man sieht nur mit dem Herzen gut." – „Es ist, wie es ist." – „Jeder Topf braucht einen Deckel." – „Morgenstund hat Gold im Mund." – „Was an Kraft gewonnen, ist an Weg zerronnen." – „Scheiß di nix, dann feid da nix."
Es ist wirklich schwierig, über die kleinen Unterschiede zwischen Mann und Frau zu sprechen. Denn eigentlich gibt es dazu nichts zu sagen, außer dass man stets davon ausgehen sollte, es gäbe sie nicht. Wenn einem ein Schwarzer sagt, dass er gerne trommelt, antwortet man ja auch nicht: „Natürlich trommelst du gerne, schließlich bist du ja auch ein Neger!" Und genauso wenig sollte man sagen: „Natürlich hast du den ganzen Tag Schuhe gekauft, du bist ja auch eine Frau."

In den USA sind 1,7 Prozent der schwarzen Bevölkerung im Gefängnis aber nur 0,3 Prozent der Weißen. Trotzdem würde niemand, der noch bei Trost ist, sagen: „Natürlich sitzen mehr Schwarze im Gefängnis als Weiße, schließlich sind die ja auch krimineller." Vielmehr würde man die Beobachtung auf soziale Missstände oder weiß der Kuckuck was zurückführen. Und genauso sollte man die kleinen Unterschiede zwischen Mann und Frau behandeln: registrieren, dass es sie gibt. Aber nicht nachdenken, ob da ein kausaler Zusammenhang besteht zwischen – sagen wir – Traube-Nuss-Schokolade und Vaginas und schon gar nicht darüber reden. Wobei ich den Gedanken, nicht mit meiner Freundin zusammen zu sein, wenn sie keine Frau wäre, seit jeher verwirrend fand. Man spricht immer von Seelenverwandtschaft. Aber um das konsequent durchzuziehen, müsste man entweder bi- oder asexuell sein. Oder auch in der Lage, sich in Tiere und Gegenstände zu verlieben.
„Ich steh total auf meinen Staubsauger. Wir sind ein Herz und eine Seele. Er weiß genau, was ich brauche." Nein, das würde man so nicht sagen.

Vielmehr würde man – so wie ich – über seine Partnerin sagen, was für einen tollen Humor sie doch hat oder wie abenteuerlustig sie ist. Oder wie einfühlsam oder fordernd, auf eine positive Art. Und damit so tun, als wäre Sex nicht das einzige Fundament, auf dem Beziehungen aufgebaut sind. Leute trennen sich wegen Seitensprüngen, aber in den seltensten Fällen, weil der Partner mal einen schlechten Witz gerissen hat oder nicht mit dem Motorrad über den Grand Canyon springen wollte. Vielleicht ist das der Grund, wieso es immer so etwas schrecklich Banales hat, über Beziehungen zu schreiben.

Sex ist so brutal. Und so dumm zugleich. Zwei schwitzende Körper klatschen in unregelmäßigem Rhythmus aneinander und denken an ihre Oma oder eine Geflügelzucht mit sehr unglücklichen Hühnern, um nicht zu früh zu kommen. Es fällt wirklich schwer, einen geistreichen Kommentar dazu abzugeben. Vielleicht ist Sex deshalb so faszinierend.

Wenn es um Kommunikation mit meiner Freundin ging, da redete ich ganz normal. Wie mit allen anderen Menschen auch. Ich halte die Klappe, schaue, wie lange sich der Mund von meinem Gegenüber bewegt und denke an was Schönes. Sobald sich der Mund langsamer bewegt, höre ich zu und stelle eine Frage zu dem letzten Wort.

„*Bla, bla, bla* ... New York."

„Ach, du warst in New York?"

„*Bla, bla, bla* ... Familie besucht."

„Ach, du hast Familie in New York?" Und so weiter. Der Witz ist, ich gelte auch noch als guter Zuhörer. Die meisten Menschen wollen wirklich nur gerne selber reden.

Nur meine Freundin nicht. Sie fragte mich manchmal mitten im Gespräch: „Was war mein letzter Satz?" Und war dann beleidigt, wenn ich ihr antwortete, dass es mir leidtue, ich wäre gerade in Gedanken bei meinem *Transformers-Musical*. Mein Interesse war ihr also wichtig genug, um sauer zu sein. Und das ist ja eigentlich auch ziemlich romantisch.

Und dann war sie in Peru. Und ich in Ulm. Und es gab unzählige Möglichkeiten der viralen Fern-Kommunikation. Kaum zu glauben, was die Leute vor *facebook* gemacht haben, wenn sie ihren Mitmenschen zeigen wollten, was sie gerade gekocht haben. „Bediensteter, lassen Sie vierzig Stillleben von meiner Mahlzeit anfertigen, diese in vierzig Kutschen zu meinen vierzig Freunden entsenden und überbringen Sie ihnen folgende Botschaft: *Omnomnomnomnom.*" Das konnten sich damals nur Könige leisten!
Stell dir mal vor, du müsstest jedes Mal, wenn du einer Person einen Zwinkersmiley schicken willst, eine Taube dressieren. Aber so war es ziemlich bequem. Wir mailten und *skypten* und simsten und teilten: Alle paar Minuten bimmelte ein kleines elektronisches Gerät in meiner Hosentasche und ich musste reagieren. Mal mein Beileid ausdrücken, mal die Freude teilen oder die Nachricht mit einem geistreichen Bonmot versehen. Und wenn ich das zu lange nicht tat, kam ein Symbol für Langweile oder Hass. Es war ein bisschen wie mit einem *Tamagotchi*: Fütter mich, drück mich, bring mich zu Bett, wink mir, sonst sterbe ich. Es war aber auch nicht schlechter als ein *Tamagotchi*.

Die Frage, ob eine Fernbeziehung nun die *Essenz* einer Beziehung ist oder überhaupt keine Beziehung, ist also durchaus berechtigt. Und ich bin da bis heute nicht zu einem Schluss gekommen. Wenn man einen Partner als etwas definiert, in das man in regelmäßigen Abständen seinen Penis reinstopft, wird ein *Tamagotchi* dem Ganzen sicher nicht gerecht. Wenn es um den, durch die Brille intergeschlechtlichen Füreinanders gesehenen Gefühls-Austausch zweier Individuen geht, die mehr sein wollen, als die Summe ihrer Teile, wider allen irdischen Umständen, mutet so ein „Fütter mich" fast schon erhaben an.
Jedenfalls überlebten wir das halbe Jahr, die alles auffressende Sehnsucht. Als wir uns um die Weihnachtszeit dann endlich wieder sahen, trennten wir uns nach wenigen Tagen. Es war also nicht nur um Sex gegangen. Und das ist doch ziemlich romantisch.

„Ich liebe dich, ich liebe dich nicht“, spiele ich lustlos mit dem Abrisskalender

Bei meinem allerersten Poetry-Slam-Auftritt im März 2009 verlas ich unter anderem dieses Gedicht.

Lass den letzten Matsch gefrieren –
krachend unter meinem Schuh.

Lass den ganzen See einfrieren
und alle Enten mit dazu.

Auch die Bäume werden schwarz.
Die Äste sind mit Eis bepackt.
Doch uns zwei hat die Faschingszeit
bis zur Taubheit hin entschlackt.

Lass meine Finger bläulich werden.
Ich zittere nicht. Ich warte bloß.

Ja, der Frühlingstag wird kommen.
Dich und den Winter bin ich bald los.

Eine kleine Geschichte der Nettigkeit

Mir fallen viele Dinge auf. Und es ist mir leider nicht vergönnt, diese nur festzustellen, ohne dass es wertend klingt.
Zum Beispiel: Wieso sehen Kohlmeisen aus wie kleine Orcawale? Es gibt kein Tier, das einen schwarzen Kopf hat und einen weißen Fleck jeweils direkt neben dem Auge – außer Kohlmeisen und Orcawale. Was ist da los? Gibt es eine Verbindung? Können Kohlmeisen mit Orcawalen kommunizieren? Ein Jammer, dass sich die beiden nie in freier Wildbahn begegnen, sonst würde ein Orcawal den anderen Orcawal anstupsen und sagen: „Schau mal, ein *Mini Me.*"
Für mich hat diese Entdeckung die Sichtweise auf Kohlmeisen komplett verändert. Vielleicht sind ja Kohlmeisen fliegende Orcawal-Föten. Eigentlich müsste man sie *Killermeisen* nennen. Man sollte es sich auf jeden Fall nicht mit ihnen verscheißen, sonst kommen sie irgendwann, wenn du in der Bretagne schwimmst, aus dem Meeresgrund zu dir aufgestiegen und sagen: *„Buh! Ich bin ein Orca."*
(Liebe Kinder, das sind die Gedanken, die ihr habt, wenn ihr Gras raucht. Es sind keine schlechten Gedanken. Aber auch ziemlich sprunghaft und dadurch leider ... *hm* lecker Erdnussflips.)

Oder: Wieso schulden mir alle Idealisten, die ich kenne, Geld? Und wieso kenne ich keine attraktive Frau, die sich über Sexismus aufregt?
Ich meine, vielleicht gibt es sie ja wirklich, die attraktive Frau, die sich denkt: „*Woa.* Ich hab voll Vorteile dadurch, dass Männer mich nur auf mein Äußeres reduzieren. Ich hab einen geilen Job und einen Ferrari und Sex mit jeder Person auf diesem Planeten, die ich kenne – einschließlich meinem Chihuahua, der mir erschreckend

ähnlich sieht – aber das langweilt mich krass. Da muss man doch was tun! Ich werde mich beschweren!"
Ich bin dieser Frau noch nie begegnet.

Und: Wieso ist es tatsächlich sinnvoll, nett zu sein?
Nettigkeit in der Natur macht eigentlich nicht viel Sinn. Ein Löwe, der eine Gazelle reißt und davor noch etwas sagt wie: „Schicke Schuhe!" Nein, das würde niemandem etwas bringen. Und wir dürfen nicht vergessen, dass wir im Grunde auch nur Tiere sind, die sich fortpflanzen und fressen müssen und auf denen halt zufällig der Fluch lastet, intelligent zu sein.
Das Lustige ist: Menschen haben Angst davor, dass Maschinen eine *eigene* Intelligenz entwickeln. Aber genauso hatten Tiere vielleicht irgendwann mal Angst davor, dass Menschen intelligent werden. Vielleicht hat irgendein Pantoffeltierchen mal zu einem anderen Pantoffeltierchen gesagt: „Diese Menschen sind zwar krass nützlich, bestellen die Felder und sorgen dafür, dass es in den Flüssen nicht zu viel Fisch gibt, aber stell dir mal vor, die entwickeln eine *eigene* Intelligenz."
Und das andere Pantoffeltierchen hat gesagt: „Nein, das passiert auf keinen Fall. Schau mal: Wir können uns einfach teilen. Menschen hingegen müssen mit schmerzverzerrter Miene fünf Minuten lang Schaukelstuhlgeräusche machen ... und dann dauert es auch noch einmal neun Monate ... und dann noch einmal zehn Jahre, bis die Person in der Lage ist, selbst einen Acker zu pflügen und ein Fisch zu fangen. Das ist keine Gefahr. Abgesehen davon haben wir den cooleren Namen. Pantoffeltierchen. Das klingt einfach lässig."
Und ehe sich das Pantoffeltierchen versehen konnte, kam ein Pantoffeltierchen aus der Zukunft und hat von einem Schreckenszenario erzählt, in dem alle Himmel dunkelgrau sind und alle Menschen mit Lasern schießen und Putin mit Kim Jong-il Hand in Hand im Hopsalala-Lauf über die Wiesen tollt und dabei *„Freunde fürs Leben"* singt.

Und wozu benutzen wir diese Intelligenz?
Im Alltag hauptsächlich dazu, nett zu sein. Das bedeutet vor allem, zu lügen. Wenn dich jemand fragt: „Habe ich einen fetten Arsch?" Sagst du nicht: „Puh. Du machst dir keine Vorstellungen. Also du siehst das Ding ja nur in Ausschnitten. Aber ich muss mit dem Anblick leben." (Wenn du das sagen würdest, würde die Person ein Gesicht machen wie die Bedienung, als ich nicht wusste, was *Moussaka* auf Englisch heißt und gesagt habe, ich hätte gerne ein kleines *Massacre*.)
Sondern du sagst etwas wie: „Nein. Auf gar keinen Fall. Dein Arsch ist so was von nicht fett. Der ist superdünn! Wäre dein Arsch ein Superheld, hieße er *Captain Knackig*." Und das ist dann nett.
Die meiste menschliche Kommunikation beruft sich darauf, nett zu sein. Leute treffen sich, trinken Cappuccino und reden abwechselnd. Und nett sein bedeutet dann, dass man dem jeweils anderen zuhört, damit er einem auch zuhört. („Bla, bla, bla ... New York." – „Ach, du warst in New York?")
Früher hielt ich diese Praxis für ziemlich unnötig. Ich habe mir dann die Nettigkeit selber schmackhaft gemacht, indem ich mir immer meinen Teil dazu dachte. Ich habe zum Beispiel gesagt: „Ich wünsch dir einen schönen Tag." Und damit gemeint: „Ich wünsch dir noch genau *einen* schönen Tag."
Ich habe mir einen Spaß daraus gemacht, im Verwendungszweck einer Überweisung zu schreiben: „Für die Bombe." Nur, weil ich die Vorstellung witzig fand, dass dann irgendein Sekretär in irgendeinem Büro mal kurz einen Schrecken bekommt und nach Luft schnappen muss.
Ich habe im Sushi-On-The-Run-Restaurant beim All-You-Can-Eat die Abfälle wieder schön auf einen kleinen Teller drapiert und zurück aufs Fließband gestellt und mich dann gefreut, wenn die Person zwei Meter weiter beim Essen dachte, dass es eine ganz besondere Delikatesse ist, weil es ganz besonders ekelhaft schmeckt.
Wenn meine Mitbewohner nicht da waren, habe ich mich zum Abtrocknen nackt auf ihrem Bett hin und her gerollt.

Und ich habe Menschen einen „ganz lieben Gruß" ausrichten lassen. Obwohl ich überhaupt nicht wusste, was das bedeutet. Schließlich weiß doch kein Mensch, was einen „Gruß" von einem „lieben Gruß" unterscheidet. Und diesen wiederum von einem „ganz lieben". Ich meine, hat sich jemals irgendwer gedacht: „Och, das war aber nett, dass ich einen *ganz* lieben Gruß ausgerichtet bekommen habe und nicht nur einen lieben. Da hat sich die Person aber wirklich was gedacht! Wie einfallsreich."
Und diese Sichtweise auf Nettigkeit als etwas Aufgesetztes – etwas, das immer Mittel zum Zweck ist – hat meine komplette Sicht auf die Welt verändert. Ich habe Paare als zwei Menschen gesehen, die sich einfach noch nicht gestritten haben. Und Menschen als lebende Leichen. Ich bin an den tollsten Fünf-Sterne-Frühstücksbuffets vorbei gelaufen und dachte mir allen Ernstes: „Mein Gott. So viele Scheiße, die noch nicht geschissen wurde! *Wahnsinn.*"
Und ich wurde überhaupt nicht nett. Wenn jemand zu mir gesagt hat: „Tolles Wetter heute, was?", habe ich geantwortet: „Hm, *jaja*, keine Ahnung. Wetter ist ein chaotisches System, das den Gesetzen der Entropie folgt und es macht keinen Sinn, sich daran zu erfreuen. Das ist, als würde man zu einer Wasserpflanze hingehen, die sich die ganze Zeit bewegt und so aussieht, als würde sie das Meer am Hoden kraulen und sagen: Schicke Frisur!"
Wenn jemand gesagt hat: „Schau mal da, die Sterne. Sind sie nicht schön?", hab ich gesagt: „*Hm*, keine Ahnung. Die meisten davon sind längst erloschen und existieren nur in unserer Wahrnehmung. Selbst der Himmel belügt uns."
Und wenn ich in einem Vorstellungsgespräch gefragt wurde, wo ich mich in zehn Jahren sehe, habe ich geantwortet: „Auf deinem Schreibtischstuhl."

Aber dann habe ich VWL studiert. Und dabei eine ganz interessante Erfahrung gemacht. Zum einen stehen mir lachsfarbene Hemden. Und fliederfarbene Hemden. Mir stehen sogar Hemden, die zur Hälfte lachs- und zur anderen Hälfte fliederfarben sind.

Wie bei *Two-Face* aus *Batman*. Und zum anderen, dass es nicht nur möglich ist, nett zu sein und sich dabei aus egoistischen Motiven *schlecht* zu fühlen.
Nein. Es ist auch möglich, nett zu sein und sich dabei aus egoistischen Motiven gut zu fühlen. Wenn man zum Beispiel zufällig nett ist zu einer Person, die später noch wichtig sein könnte. Anstatt sich zu denken: Oh Mann, jetzt muss ich nett zu dir sein, obwohl du mir am Arsch vorbeigehst. Kann man sich auch denken: Oh Mann, jetzt bin ich nett zu dir und du freust dich darüber – oder tust zumindest so als würdest du dich darüber freuen – und gleichzeitig bin ich glücklich, weil du irgendwann mal wichtig für mich sein könntest.
Ich habe angefangen, Nettigkeit nicht mehr als etwas zu sehen, um das mich Leute berauben, das Leute aus mir heraussaugen. Sondern vielmehr als eine Währung, die ich ausgebe und buchstäblich mit barer Münze aufwiegen kann. Nettigkeit als Wertanlage. Denn selbst wenn die Leute irgendwann nicht wichtig für mich sein könnten, ist es nicht schlimm. Man sagt ja auch nicht: „Ich bin 85 und kerngesund. Scheiß Krankenversicherung."

Und auf einmal war ich so *nett*. Ich war ein richtiger Gentleman. Wie *Spiderman*.
Ich habe aufgehört mich nackt in den Betten meiner Mitbewohner zu wälzen und damit endlich die Angst ablegen können, dass sie dasselbe bei mir tun. Weil eh niemand so krank ist.
Ich habe aufgehört, Leute daran zu erinnern, dass sie mir noch Geld schulden. Und ich habe das Geld nie wieder gesehen. Aber es war mir egal. Weil es gut war.
Ich habe aufgehört, Frauen zu betrügen und wurde selbst nicht mehr betrogen. Gleichzeitig entwickelte ich eine sehr sehr gute Fantasie. Es war so, als hätte ich Sex mit *Mystique*.
Wir haben die verrücktesten Sachen ausprobiert. Sie hat sich die Schamhaare blau gefärbt und sah aus wie Marge Simpson, wenn sie einen Handstand macht. Wir sind durch die Bretagne

geschwommen und wurden dabei – wider erwarten – nicht von einem Orcawal gesnackt, weil ich vor zwei Jahren einmal eine Kohlmeise beleidigt hatte.

Und das, meine Kinder, ist die Geschichte, wie ich zu Marihuana gefunden habe.

Leute mit Kindern

Für Hannes Mischkowski

Ich hasse Kinder nicht. Kinder sind okay. So wie der Mars. Manchmal sehe ich den Mars und denke mir: „Cool, der Mars. Ein großer, fetter Steinbrocken, der sich abertausende von Kilometern von uns entfernt im Kreis dreht. Damit kann ich leben. Das passt." Der Mars nervt mich jetzt nicht. Selten rege ich mich auf und denke: „Argh, dieser Mars! Der geht mir so auf den Sack! Dieser scheiß Mars." Und ich bin mir ziemlich sicher, dass das auf Gegenseitigkeit beruht.

Kinder sind halt klein und wissen es nicht besser, können aber verdammt viel schleppen. Kinder sind wendig und wie dafür geschaffen, niedere Arbeiten zu verrichten. Und sie bewegen sich seltsam asymmetrisch. So wie Trolle. Vielleicht ist das der Schlüssel zu einem glücklichen Leben: dass man Kinder wie Trolle sieht.
Dann ist es auch nicht schlimm, wenn sie zu einem herkommen, humpelnd, mit einem *Scout*-Rucksack, in dem alles Mögliche drin ist: ein Hinkelstein, ein totes Wildschwein – ach, was rede ich, eine ganze tote *Wildschweinfamilie* – nur nicht Stift und Papier. Wenn sie herkommen, dich unvermittelt in den Bauch piksen, etwas sagen wie „*Hm*, lecker Popel", und danach auf einen Baum klettern.
Vielleicht meinen Eltern ja das, wenn sie sagen, ihr Leben sei mit einem Kind total zauberhaft: dass sie jetzt von Gnomen umgeben sind. Von kleinen Gnomen, die ins Schwimmbad gehen mit ihren dünnen Beinchen und den dicken Bäuchen und da im Rudel sitzen und Gitarre auf ihren Penissen spielen.
Ich finde es ja interessant, dass man überhaupt in der Lage ist, mit so einem Kind, so einem Hobbit, zu kommunizieren. Also das sind

ja keine tiefgreifenden Gespräche. Die meiste Kommunikation mit kleineren Kindern sieht in etwa so aus:
„Lass das!"
„Nein!"
„Doch!"
„Na gut!"

Aber dass die überhaupt unsere Sprache sprechen. Dass sie in der Lage sind, ihre primitiven Gedanken und Wünsche in Laute zu kodieren und diese mit ihren kleinen mit Schokolade umkleckerten Mäulern zu äußern, ist schon ein kleines Wunder für sich.
Wir haben als Kinder so dumme Sachen gemacht! Wenn wir zum Beispiel gespielt haben, war der Gewinn oft, dass man einen Tag lang König sein durfte. Dann mussten einen die anderen auf einer Sänfte durch die Gegend tragen und den ganzen Tag die Füße massieren. Man bekam einen Besenstiel als Zepter, eine Wolldecke als Mantel und eine Burger-King-Krone als Burger-King-Krone. Für Außenstehende muss das ziemlich komisch ausgesehen haben.

Naja. Kinder sind halt komisch. Aber wirklich, ich hasse sie nicht. Das Problem sind sicher nicht die Kinder. Es sind die Leute, die Kinder haben.
Leute, die einem immer erzählen, wie viel ihr Kind schon kann. „Mein Kind kann schon krabbeln." *Wow.* Erst vorhin habe ich einen Käfer gesehen, der konnte das auch! (Dann kam ein riesiger Greifvogel und hat ihn gefressen.)
Ich meine: Krabbelt dein Kind irgendwie besonders? Mit nur einem Arm? Auf dem Boden liegend, mit weggesprengten Beinen und einer Bazooka in der anderen Hand? Murmelt es dabei „Muss alle Menschen töten"? Mit so einem leicht russischen Akzent? Weil wenn das so wäre, müsstest du es mir wirklich unbedingt erzählen. Aber auch nur dann. Ansonsten ist es mir scheißegal, was dein Kind kann! Arschloch.

„Mein Kind hat schon mal ein Bild gemalt." Ja, und ich wette, es sah *scheiße* aus.
So wie alles, was Kinder malen, *scheiße* aussieht. Selbst die Kinder wissen das. Ich habe es gehasst, wenn meine Mutter, nachdem ich ihr stolz ein Bild präsentierte, sagte: „Ui, toll. Und was soll das sein?" Da dachte ich mir jedes Mal: Sag doch bitte gleich, dass mein Bild *scheiße* aussieht!
„Wow. Mein Kind hat heute seinen ersten Satz gesagt." Ja, toll. Und was war das für ein Satz? *„Lala blabla blmblmblm"*? Diesen Satz kann sogar meine Achsel.
Aber echt schade, dass es dafür keinen Oscar bekommt.

Glaubt ihr, ich weiß nicht, wie anstrengend so ein Kind ist? Dass man sich manchmal den Greifvogel förmlich herbeisehnt, der einfach so von der Decke kommt und das kleine Ding wegschnappt? Oder es zumindest ziemlich stark verwundet.
Wenn du dein Kind wirklich so toll findest, wieso lässt es dann meinen Finger nicht mehr los? Wieso fleht es mich förmlich an, es nicht mit dir alleine zu lassen? Wieso kommt es aus dem Erzählen nicht mehr raus, wenn ich mit ihm rede – fast so, als würde ihm sonst niemand zuhören? Und wieso bin ich schon nach fünf Minuten sein bester Freund?

Wenn man etwas toll findet, geht man nicht so damit hausieren.
Meine Mutter zum Beispiel hat früher immer einen richtig tollen Schokokuchen gebacken. Und damit der Schokokuchen zum Frühstück schön saftig und kühl war, hat sie ihn über Nacht in den Kühlschrank gestellt. Wenn ich dann nachts um fünf völlig besoffen nach Hause kam, gab es nichts Schöneres, als den Kühlschrank zu öffnen, meine Pranke ungelenk auf den Schokokuchen zu tatschen und ihn mir einzuverleiben, während ich – vor dem Kühlschrank stehend – meine Hose herunterließ und einsam masturbierte. Das war das Größte! Aber ich würde davon nie jemandem erzählen. Allein aus Demut vor der Sache.

Wenn du dein Kind wirklich so sehr magst, wie du immer tust, dann rede nicht darüber wie über ein Rennpferd. Sondern respektiere und schütze es. Zumindest so sehr, wie das mit so einem Troll möglich ist.

Erzähl mir was von dir. Erzähl mir, was du machst, wenn du nicht mit deinem Kind beschäftigt bist. Und wenn es da nichts gibt, dann erzähl mir von deinen Träumen und Ideen. Und wenn es *da* nichts gibt, wird es erst recht Zeit, dass wir uns unterhalten. Das heißt, sobald mich dein Kind mal losgelassen hat.

Nominativer Determinismus

Für Philipp Thierer

Jeder von uns wird maßgeblich davon beeinflusst, wie er heißt. Jederzeit. Ein Proctor zum Beispiel wird wahrscheinlich Proktologe. Jemand, der Al Capone heißt, macht im Schnitt öfter Urlaub in den Alpen als jemand, der Mila Superstar heißt. Jemand, der Mila Superstar heißt, fliegt wahrscheinlich lieber nach Milan als nach Kuala Lumpur. Bei jemandem, der Kuala Lumpur heißt, ist es genau umgekehrt und so weiter.
Es geht sogar noch komplizierter: Bei einer Doris ist die Wahrscheinlichkeit, dass sie an den Vierwaldstättersee zieht, höher als bei einer Anna. Und zwar, weil der Buchstabe D der Vierte im Alphabet ist. Kein Witz.

Man spricht auch von *nominativem Determinismus*, dem Determiniert-sein-im-Leben davon, wie man heißt. Das liegt mitunter daran, dass jeder von uns seinen eigenen Namen in der Regel als wohlklingend und nett empfindet. Zu jedem anderen gängigen Namen – zum Beispiel Markus Lanz und Sarah Wagenknecht – fällt einem binnen *weniger* Millisekunden irgendein Horst (oder eine *Horstesse*) ein, der so heißt. Beim eigenen Namen hingegen muss man schon eine ganze Weile überlegen. Deshalb ist es nur verständlich, dass mein bester Kumpel – als wir uns eines Abends Namen überlegten, nachdem er versehentlich seine Freundin geschwängert hatte – mich zunächst davon überzeugen wollte, seinen eigenen Namen noch einmal zu verwenden. Vielleicht mit dem Zusatz *Junior* oder *der Zweite*.
„Quatsch“, sagte ich. „*Stefan Junior.* Das kann man seiner Freundin nicht antun – egal, ob man sie nicht liebt oder nicht. Ich würde es

ganz einfach machen: Wenn es ein Junge wird etwas wie Viktor Maximus. Und für ein Mädchen: Ruth."
„Ich weiß nicht", sagte Stefan. „Viktor Maximus?"
„Logo", sagte ich. „Viktor Maximus: Der große Siegreiche. Stell dir mal vor, jemand kommt in ein Vorstellungsgespräch und sagt: *Hallo, ich heiße der große Siegreiche!*"
„Ja", sagte Stefan. „Aber stell dir mal vor, jemand kommt in ein Vorstellungsgespräch und sagt: *Hallo, ich heiße der große Siegreiche!* Und ist ein Versager."
Das stimmte mich nachdenklich.
„Und wieso Ruth?", fragte Stefan.
„Ach", sagte ich. „Das ist nur so ein persönliches Faible. Stell dir mal vor, du läufst auf einem Friedhof rum und auf einmal steht da auf einem Grabstein: *Ruth ruht*. Oder: *Ruht Ruth? Ruth ruht!*"
„Okay", sagte ich schließlich. „Ich gebe auf. Her mit dem großen Buch der Babynamen!" Und dann nahm das Schicksal seinen Lauf.

Das große Buch der Babynamen ist so eine Art Telefonbuch, nur, dass keine Adressen drin stehen und Hausnummern, sondern die Namen für noch ungeborene Babys, jeweils mit Erklärungen zur semantischen Herkunft.
Zuvor hatte ich mir nie wirklich Gedanken zu Namen gemacht. Erst nach dem Abitur begriff ich, wieso Karla Kolumna Karla Kolumna hieß. Jahrelang dachte ich, der Name des überragenden Poetry Slammers „Dalibor" sei ein Künstlername. So wie *Megatron* oder *Optimus Prime*.
Das große Buch der Babynamen sollte das ändern. Gleich im Vorwort wurde darauf hingewiesen, man dürfe sein Baby in Deutschland nicht einfach so – mir nichts, dir nichts – *Spiderman* nennen und auch mit Namen wie Gottfried, Gotthold, Gottbert oder Ganesha sollte man es sich gut überlegen, wenn man nicht Anhänger der entsprechenden Religion wäre. Bei Doppelnamen sei darauf zu achten, dass der *letzte* Buchstabe des ersten Namens nicht identisch wäre mit dem ersten des *zweiten* Namens, wobei der Autor

schon hier ein gewisses Gespür für Humor beweist und als Beispiel für einen extrem misslungenen Namen *Hans Solo* angibt. Dabei gibt es wohl Schlimmeres, als hin und wieder mit Han Solo angesprochen zu werden. *Hallo?* Ein Klassenkamerad von mir hieß Philipp Möse. Und als er zwei Wochen mit Rosa aus der Parallelklasse Händchen hielt, waren die gesamte ganze Jahrgangsstufe – hundert vorpubertierende Kinder – schon in Gedanken bei der Hochzeit und malten sich aus, wie sie dem Standesbeamten sagte, wie sie für den Rest ihres Lebens heißen wolle: Rosa Möse.
Wie *er* zu seinen Arbeitskollegen Dinge sagt wie: „Sorry, ich kann nicht mehr mit ins *Frapé*, meine Rosa Möse hat gekocht." Oder: „Endlich, meine Rosa Möse hat mir ein Kind geschenkt! Ich nenne es: Violette."
Keine Frage, der wäre sowas von nominativ determiniert gewesen, da könnten Mundhaar-Monika oder Herr Vierwaldstättersee einpacken.

Ließt man weiter im *großen Buch der Babynamen*, fällt einem so manches wie Schuppen aus den Haaren. Zum Beispiel hatte ich davor nie darüber nachgedacht, ob Wolfgang wirklich was mit „der Gang des Wolfes" zu tun hat. Und tatsächlich! Ich mein: Klar, im Nachhinein denkt man sich: Logisch, dass Wolfgang Wolf-Gang bedeutet. Schließlich tragen alle Wolfgänge Schnurrbart und sind auch sonst sehr Wolf-ähnlich – heulen bei Vollmond und essen in Rudeln – doch gibt es genug Beispiele, bei denen man sich täuscht. So heißt Kermit zum Beispiel nicht *Der Frosch*, sondern *Der Dunkle*. Und auch Rosamunde bedeutet nicht: *Der rosane Mund*, sondern *Das schutzbringende Ross*. (Wobei Notburga wiederum Althochdeutsch ist für *Die in der Not auf Burgen Fliehende*.)
Generell gibt es auffallend wenig Namen aus der Natur. Zumindest im Vergleich zu Indianerstämmen, wo ja jeder zweite *Rauchender Luchs* heißt oder *Schnittige Distel*, *Flinker Fußpilz* oder *Pfiffiger Dachs*. Und das, obwohl die Germanen selber noch vor nicht all zu langer Zeit von Liane zu Liane gesprungen sind.

Nein, in der deutschen Namensgebung lässt sich entweder *keine* Regelmäßigkeit erkennen – zum Beispiel bei Namen wie: *Eusebius, Filomena, Mafalda, Udalbert, Zoltan* – oder die des Krieges. Ja, man bekommt den Eindruck, im Althochdeutschen hätte es nur vier Wörter gegeben: Sieg. Speer. Streitaxt. Und *Lindenholzschild* – da ist ihnen dann anscheinend nix Besseres mehr eingefallen. Dietlind, Adelinde, Hadelinde, Gerlinde kommen alle von Lindenholzschild. Es gibt sogar Sieglinde – *Das siegreiche Lindenholzschild.*
Alle anderen Namen aus dem Althochdeutschen sind wild permutierte Kombinationen einer archaischen Artillerie: *Schwertspeer. Heerspeer. Glänzender Helm. Siegreiche Faust.* Unübertroffen ist hier der Name Gunthild, welcher sich zusammensetzt aus „gunt" – Kampf, und „hild", was ebenfalls Kampf heißt. Gunthild bedeutet also so viel wie: *Kampf Kampf.*
Ebenfalls überraschend sind Namen, die bekannter sind als das, was sie abkürzen. Emma ist angeblich eine Abkürzung für alle weiblichen Namen mit der Vorsilbe „Irm". „Ja, klar", dachten wir uns bei der Lektüre. „Wie praktisch! Bei all den so weit verbreiteten Namen mit dieser Vorsilbe: *Irmhut ... Irmina ... Irmeltraut ... Irmjana ... Irmbecca ... Irmziska ... Irm-Sophie ... oder Irmirmirmirm.*"

Auf einmal klang *Stefan Junior* gar nicht so übel. Und spätestens nach all den Siegberts, Sigmars, Sigmunds, Siegfrieds – dann, wenn man neugierig nach einem Siegheil sucht oder feststellt, dass *Rosette* nicht das bedeutet, was man in einem Anflug schläfriger Ulkigkeit vermutet hat. Spätestens dann – nach all den Thorntons, Thorids, Thorwalds, Thorbjörns, Thordisses und Thornjas – fragt man sich, wieso Kinder immer nur nach irgendwelchen Gimmicks benannt sind und nur all zu selten nach dem, was man sich als liebende Eltern eigentlich für sie wünschen sollte.
Wie viele Namen bedeuten schon so viel wie *Der coole Typ, Der glückliche Bürokrat, Batman* oder – für Frauen – *Die bildhübsche Irmofine?*
Ist es nicht sowieso so, dass die Menschen, die es *nicht* nötig haben, sich über einen Namen wie Edelgans oder Chingachgook von der

breiten Masse abzuheben, viel interessanter sind, ja, sind es nicht die Lukasse und Daniels, Michaels und Patricks, die sich in ihrer Freizeit für Proust interessieren, Wildwasser-Rafting in Lappland machen, stolzer Besitzer eines Bienenvolks sind, dreimal die Woche in Delfintherapie gehen und in geselliger Runde *Hit Me Baby One More Time* auf der Kniegeige anstimmen?

Und wenn der Name des Kindes alles andere ist als Schall und Rauch, nein, er wirklich dessen Leben maßgeblich beeinflusst, ist es dann nicht nur *fair*, es so zu nennen, dass sein Werdegang nicht schon dann eine sehr konkrete Richtung einschlägt, noch bevor das Gehirn größer ist als eine Wasabinuss? Was zur Hölle dachten sich die Eltern von *Philipp Möse*?

Als wir jedenfalls fast durch waren mit dem *großen Buch der Babynamen,* sah mich mein Kumpel Stefan bleich an und sagte, eigentlich hätte er sich auf das Kind gefreut, aber jetzt sei er sich nicht mehr so sicher. Dann entdeckte er – wie durch Gotteshand – nach all dem nominativen Splittergebombe am Ende des Buches die Liste der zehn häufigsten Namen Deutschlands. Sich den Schweiß von der Stirn wischend sagte er erleichtert: „Ich nenn es Lisa oder Max." Wahrscheinlich geht das vielen so, die *Das große Buch der Babynamen* aufschlagen. Das würde erklären, wieso man diese Namen so oft hört.

Brief an mein Patenkind

Lieber Max,

du bist jetzt ziemlich genau ein Jahr alt und ich beneide dich um deine Position: den ganzen Tag pennen, saufen und an großen dicken Brüsten nuckeln. Natürlich geht das ab. Aber manchmal muss ich mich halt auch in Seminare hocken.

Doch sobald du etwas brauchst, schreist du einfach wie der Typ auf dem Bild von Edvard Munch, wonach deine Eltern angerannt kommen wie die Leute, die es stibitzt haben, um dich hochzuhalten und zu betätscheln wie das *Kickloch* einer Friedenspfeife.

Egal, was du sagst, es ist immer *süß*. Egal, was du isst, es ist immer *HIPP*. Egal, in welchem Raum: Wenn du da bist, wird er *bestuhlt*. Und riecht dann sogar nach Plätzchenteig. Eigentlich bist du der Traum eines jeden Veranstalters. Denn egal, was du in deinen nicht vorhandenen Bart lallst, es ist immer ein Wort. Oder ein Satz, ein Statement oder eine Weisheit. Wenn du zum Beispiel sagen würdest:
„I Ü E A U O O A A U I I A O O O"

würde dein Vater zu seiner Frau rennen wie ein Astronom, der gerade einen auf die Erde stürzenden Asteroiden von der Größe Texas entdeckt hat, und begeistert rufen: „Schatz! Hast du das gehört? Er hat gesagt: *Die Füllmengenschwankungen von Cornflakespackungen sind nicht transportbedingt!* Barbara, hol das gute Geschirr!"

Wie gerne hätte ich es noch einmal, dass jemand auf meinem Bauch Tuba spielt. Wie gerne würde ich wieder liebevoll geformte Knetröllchen in die Teppichfransen einmassieren oder Spaghetti mit der Nase essen. Gut, im Prinzip könnte ich das immer noch. Aber ab einem gewissen Alter findet man es nicht mehr so *flashig.* Keine Ahnung wieso. Das heißt auch nicht, dass man mit der Zeit lässiger wird. Ich mein: Ich wüsste nicht, wie ich jetzt austickte, wenn irgend so eine schrullige Tante ankäme mit den Worten: „Ich hab deine Nase!"

Kurz: Du solltest deine erste Babypause genießen, denn vielleicht ist es die letzte. Und der Punkt im Leben, wo der Kleiderschrank nicht mehr ein Portal ist nach *Narnia,* sondern einfach nur ein fetter Holzklotz, der bei Umzügen alle, die dir helfen, mit Hexenschüssen straft – dieser Punkt kommt schneller als du jetzt vielleicht noch *nicht* denkst und die *erste* Hälfte des Lebens einem angeblich so lange vor wie der Rest, was für mich wiederum bedeutet: Ich bin zur Hälfte durch.

Aber du, Max, ja, du hast diesen ganz Krempel noch vor dir.
Den ersten Kuss. Das erste Mal *Star Wars* schauen. Das erste Mal verarscht werden und eingeseift und falsch verstanden. Deshalb ist es wichtig, adäquat zu reagieren und immer die richtigen Sachen zu sagen. Sprache ist der Soundtrack des Lebens und je besser du damit umgehen kannst, desto leichter wird dir vieles fallen.

Wenn du zum Beispiel in einer Bar stehst, mit Leuten anprostest und diese danach sagen: „*Haha!* Sieben Jahre schlechter Sex, sieben Jahre schlechter Sex",
bleibst du locker und sagst: „Na, immerhin."
Wenn du dann aber tatsächlich noch schlechten Sex haben solltest und gefragt wirst: „Na, wie war ich?",
bist du nett und sagst: „*Naja.* Du warst da. Und dafür bin ich dir sehr dankbar."

Wenn jemand fragt: „Was ist der Unterschied zwischen dir und Sido?",

sagst du: „Wenn ich die Fuffis durch den Club schmeiß, denk ich mir am nächsten Tage: *Gott wieso?!*"
Wenn jemand nach deinem größten Traum fragt, sagst du: „Einen Ein-Euro-Jobber privat einzustellen, dessen einzige Aufgabe es ist, mit einer Trommel hinter mir herzulaufen und nach jedem meiner Witze macht er ein: *Badum-Psch*."

Wenn jemand ziemlich hässlich gekleidet ist und fragt: „Na, wie sieht das aus?",
sagst du: „Igitt, Sigmar Gabriel!"
Wenn du an der Donau sitzt, mit einer Angel in der Hand, einem Anglerhut auf dem Kopf und jemand fragt: „Angelst du?",
sagst du: „Nein. Ich geh Gassi mit dem Wurm."

Wenn jemand fragt: „Haben Sie die Verantwortung für diesen Laden?",
sagst du: „Jawoll!"
Wenn er dann sagt: „Ist Ihnen klar, dass wir acht Fässer voll chemischem Abfall mit Ihrem Firmenlogo darauf am anliegenden Weiher gefunden haben?",
sagst du: „Heute ist Gegenteiltag."

Und wenn jemand dann auch noch einen Ratschlag fürs Leben haben will, sagst du: „Sei einfach du selbst. Aber nicht so stark."

Ich habe keine Ahnung, was in der Zeit passieren wird, die du brauchst, um so alt zu werden, wie ich es bin. Erst letztens habe ich ein *Lustiges Taschenbuch* aus den Achtzigern gelesen, wo es zur Jahrtausendwende schon fliegende Autos gab. Jetzt fliegen die Autos nicht nur nicht, man findet mit ihnen auch keinen Parkplatz mehr, genauso wenig verabschieden wir uns mit den Worten: „Alles wird galaktisch gut", machen danach nicht das internationale Donut-Zeichen. Und der Papst untermalt seine Reden nicht mit Dubstep-Beats, um bei den Jugendlichen Gehör zu finden. Noch nicht.

Trotzdem bin ich offensichtlich überfordert damit, dir auch nur einmal einen ordentlichen Brief zu schicken, sondern muss ihn auf einer Bühne vorlesen, dann hoffen, dass mich jemand dabei filmt, das Ganze bei *YouTube* reinstellt und auch drin lässt. Zumindest so lange, bis du selber lesen kannst, schreiben, *Cini Minis* backen und ganz viele abgefahrene Sache sagen.

Aber das liegt nicht an dir. Oder an der Zeit, an unserer Generation oder sonst irgendwas, sondern einfach nur an mir.

In Liebe
Thomas

PS: Ich hab deine Nase.

Bumswurscht (Reprise)

Wenn ich in tiefer Trauer bin
darüber, dass die Welt versinkt.
Wenn selbst das letzte Lied auf letzter Flöte
nicht mehr richtig klingt.
Wenn sogar Menschen nicht mehr schreien
nur noch winseln oder weinen,
denk ich mir: *Bumswurscht*.

Wenn die Tage älter werden
und der Himmel dunkelgrau.
Wenn Wolken wirken so als wären
sie einer alten Echse Haut.
Wenn Krähen nicht mehr fliegen können
und kreischend durch die Flammen rennen,
denk ich mir: *Bumswurscht*.

Wenn Dosenfraß das Letzte ist,
was es noch zu essen gibt.
Wenn jeder schlechte Zähne
oder Haut mit Flecken kriegt.
Wenn Kopftücher und Schiebermützen
vor eisig kalten Winden schützen.

Wenn weder Neid noch Hass regiert,
jeder wär zu schwach dafür,
wenn die Flüsse lila plätschern,
dann erstarren zu einem Gletscher.

Wenn Physiker und Prediger
wie deren Werk im Sterben liegt.
Wenn selbst dem kränksten Geisteskranken
jeder Scherz im Hals erstickt.

Wenn ein letztes Kind
den Lavaberg erklimmt
und ganz oben an der Spitze
aus voller Kehle singt,
dann ist das: *Bumswurscht*.

Ein *Bumswurscht* für die Armen.
Und ein *Bumswurscht* für die Schwachen.
Ein *Bumswurscht* für die Hoffnungsträger
Und alle, die noch Hoffnung machen.

Ein *Bumswurscht* für die Schmetterlinge
Und alles, was noch Farben hat.
Ein *Bumswurscht* nur der *Bumswurscht* wegen.
Bumswurscht ist für alle da.

Weißt du eigentlich, wie glücklich du bist?

Dachterrasse ist ein Anagramm von Schinkentoast

Weißt du eigentlich, wie glücklich du bist? Es gibt Menschen auf dieser Welt, die kennen Musik nur aus dem Radio. Und Kultur nur aus dem Fernsehen. Und Kunst kennen sie nur dann, wenn sie ein Stück Butter mit einem Beuys verwechseln.
Es gibt Menschen, die essen den ganzen Tag nur Wurst. Und Eiscreme. Und trinken dazu Limonade. Und dann wieder Wurst. Und Eiscreme und Limonade. Die sind nie satt. Und irgendwann sieht ihr Gesicht aus wie eine Wurstplatte mit Eiscreme, und durch ihre Adern fließt Limonade. Und sie können von Glück reden, dass man nicht ist, was man isst, denn wenn das stimmen würde, wäre ich ein großer dicker Döner mit einer Zwiebel auf dem Kopf.

Wenn dir das Leben eine Zitrone gibt, mach Limonade! Wenn mir das Leben eine Zitrone gibt, mach ich Gin Tonic. Wobei das auch so ein dummer Spruch ist: *Wenn das Leben dir eine Zitrone gibt* ... Als würde das Leben einfach mal so vorbeikommen wie ein Postbote und an deiner Haustür klingeln: „Hallo. Ich bin das Leben. Hier, haste eine Zitrone."
Das ist wie, wenn man sagt: „Man sieht nur mit dem Herzen gut." Was soll das bedeuten? Das Herz ist ein großer, fetter Fleischklumpen, der Blut durch den Körper pumpt. Und ich muss es wissen. Als wir mal ein Schweineherz im Biologiesaal seziert haben, bekam ich 50 Euro dafür, dass ich der Aorta einen Zungenkuss gebe, und das war alles Mögliche: glitschig, kalt, schmackhaft. Aber bestimmt kein Akt der Poesie!

Leute halten das immer für super-poetisch, wenn man etwas sagt wie: „Greif nach den Sternen!“ Aber ich denke dann immer: Wie soll das technisch möglich sein? Die Sterne sind fünf Milliarden Lichtjahre entfernte brennende Gaskugeln, und ich werde einen Teufel tun, danach zu greifen.
„Leb dein Leben!“, heißt es, und ich denk mir: ja, was denn sonst? Ist ja nicht so, als ob das Leben ein Fahrrad wäre, von dem man einfach mal runtersteigen und schieben könnte. Jedes Mal, wenn ich in den letzten Wochen gelesen habe: „Mut ist ein Anagramm von Glück “, dachte ich mir: Nein, ist es nicht.
Es gibt so viele gute Sprüche, und ich lese so selten welche. Zum Beispiel: „Verzicht ist die Gewissheit, nie wieder etwas vermissen zu werden.“ Das kommt aus dem Buddhismus. Oder: „Der Horizont vieler ist ein Kreis mit Radius null. Und das nennen sie ihren Standpunkt.“ Das kommt von Albert Einstein.
Es gibt Sprüche, die wirklich etwas illustrieren. So wie ein Schaubild. Und nicht einfach nur irgendwelche Schlagworte aneinander klatschen wie im Schlager, wo es heißt: „Du bist der Sonnenuntergang ... meiner Sehnsucht ... der Treue ... des Sternenhimmels ... der sich ballenden Faust ... am Strand ... der Liebe, *wenn* ein weißer Schimmel vorbeireitet ... und die Kokosnüsse reifen ... weil Sylvester ist.“

Zugegeben, es macht tierisch Spaß, so etwas zu schreiben. Das ist wie *Ich packe meinen Koffer*. Nur mit Kitsch. Und es funktioniert. Ich könnte ewig damit weitermachen, aber ich höre jetzt auf, also weißt du eigentlich, wie glücklich du bist?

Es gibt Leute, die wollen allen Ernstes wieder jung sein. Könnt ihr euch das vorstellen? Die wollen allen Ernstes wieder zurück in den Kindergarten und die Krabbelgruppe und dann am besten noch in die Mumu von ihrer Mutter und danach zurück in den Schniepi von ihrem Vater. Weil da alles noch so schön einfach war. War es das?

Wenn ich mich als Zehnjähriger besaufen wollte, musste ich einen Schülerausweis fälschen und Falten schminken und die aus dem Mülleimer gefischten Schamhaare meiner Eltern aufs Kinn kleben. Als Bart. Dann musste ich mir eine falsche Identität zulegen, Augenklappe und Pfeife mitnehmen und so sprechen wie ein Pirat. Noch heute denke ich daran, wie ich da in der Tankstelle stand und sagte: „*Harr harr*, ich hätte gerne 'ne Buddel Rum für meine Crew. Wir entern das alte Schlachtross gleich auf Backbord. *Harr harr*."
Zugegeben, das hat *nie* funktioniert. Aber es war ein Haufen Arbeit. Heute kann ich einfach in einen Laden gehen und sagen: „Geben Sie mir zehn Flaschen von dem billigsten, härtesten Schnaps, den Sie haben – einen richtigen *Gruselfusel* – ich will mich besaufen."
In anderen Ländern wird man dafür erschossen. Aber hier ist es legal. Und theoretisch immer möglich. Das finde ich auch interessant: Letztens habe ich meinen Mitbewohner gefragt, was er machen würde, wenn die Welt unterginge. Er so: „Ich würde mir alle Drogen holen, die es gibt, mich besaufen und so richtig die Sau rauslassen."
Und dann wurden wir für einen kurzen Moment beide ziemlich melancholisch, weil wir wussten, dass er das sonst nie macht. Also wahrscheinlich auch bis zu seinem Lebensende nie machen wird.

Dabei ist der einzige Grund, wieso Leute rauchen doch, dass Rauchen total viel Spaß macht. Deshalb funktioniert auch die Abschreckung beim Rauchen so schlecht. Also es macht keinen Spaß auf der Treppe schon nach zwei Stufen zu röcheln wie ein halb geschlachtetes Nilpferd, aber Rauchen selber, den Qualm einer Zigarette aus dem Mundwinkel zu pusten und dabei irgendwas zu sagen wie „Schlauchboot ist ein Anagramm von *Snoop-D-O-Double-Shizzle*", das macht total viel Spaß. Die Wahrheit ist doch: Wenn Rauchen nicht teuer und ungesund wäre, würde ich den ganzen Tag nichts anderes machen.
Aber ich würde kein Geld der Welt dagegen tauschen, wieder jung zu sein und in die Schule gehen zu müssen. Morgens um halb

sieben zum Bus rennen mit einem Nutellabrot in der einen und einer Zigarette in der anderen Hand. Und dann sitzt man da in einem kleinen Raum, der wie alle öffentlichen Gebäude hässlich ist. So hässlich, dass er unter korrupten Bedingungen entstanden sein muss, weil man sich nicht anders erklären kann, dass so eine Bruchbude überhaupt Geld kostet. Und dann wird man da von irgendeiner untervögelten Nase zusammengeschrien ... und lässt vor lauter Nervosität auch noch die Zigarette fallen. Es hat wirklich keinen Spaß gemacht.

Und dann sagen Leute allen Ernstes: Ich wäre so gerne wieder ein Kind. Nur weil sie sich nicht mehr auf den Rücken schmeißen und schreien können, wenn sie irgendein Problem haben. Dabei könnten sie das immer noch. Ob du nun einen Strampler angezogen bekommst oder eine Zwangsjacke, ist letztendlich auch egal. Wenn ich jetzt so darüber nachdenke, werden Babys eigentlich wie Verrückte gehalten. Mit Gitterstäben um ihr Bett und einem Pflock im Mund. Und immer wenn sie etwas sagen, heißt es: *„Joa, genau."*

Mein Gott, was haben wir für ein Glück, aus der Nummer heil rausgekommen zu sein!

Wir sind einigermaßen gesund. Und einigermaßen wach. Und einigermaßen nicht nicht normal. So wie wir alle keine Models sind. Aber überleg doch mal: Wollen wir Models sein?

Kate Moss hat mal gesagt, nichts schmecke so gut, wie das Gefühl, dünn zu sein. Aber ich bezweifle, dass Kate Moss den Schokokuchen von meiner Mutter kennt. Ich meine: Vielleicht kam sie ja wirklich mal bei ihr vorbei und hat geklingelt, um die Sache zu überprüfen. So wie das Leben bei mir mit der Zitrone. Wenn Kate Moss nämlich sagt, nichts schmecke so gut wie das Gefühl, dünn zu sein, impliziert das ja, sie hätte schon alles gegessen. Und das kann ich mir beim besten Willen nicht vorstellen.

Aber jetzt urteile ich über sie nur wegen ihres Äußeren. Und das soll man ja nicht. Auch wenn ich es als Kompliment verstehen würde, wenn mich Frauen nur auf meinen Körper reduzierten.

Weil dass ich ein interessanter Mensch bin, weiß ich ja selber. Und interessant sein ist auch überhaupt nichts Besonderes mehr. Man muss schon 25 Jahre *Work & Travel* durch Transsylvanien machen, um noch wirklich etwas Besonderes zu sein. Oder Atlantis ausgraben. Mit einem einzigen Ohrenstäbchen! Aber das klingt ziemlich stressig.

Es gibt so viele Gründe, glücklich zu sein. Sei doch zum Beispiel froh, dass dich niemand bemitleidet.
In der Schule fand ich das noch schlimm, angeschrien zu werden. Aber mittlerweile denke ich: du armer Mensch. Und dann bemitleide ich. Oder lächle und winke. Weil ich so viel mehr weiß und immer mehr wissen werde. Und weniger sprunghaft bin als noch vor zwei Jahren. Weil sich die Höhen nicht mehr so hoch anfühlen, aber dafür die Tiefen auch nicht mehr so tief, weil ich mir alles selbst aussuche und nur durch die Wiederholung meiner Fehler jemals wirklich etwas gelernt habe. Und weil ich versuche, mich selbst zu lieben, bevor ich geliebt werden will. Anstatt geliebt werden zu wollen, um mich selbst lieben zu können. Und zwar für das, was ich bin und nicht für das, was ich sein könnte. Ich weiß ganz gut, wie glücklich ich bin. Irgendwann werde ich es fühlen.

Danksagungen

Buch

Ein besonderer Dank gilt Barbara Bockschweiger.
Ich habe das große Glück, in ihr eine Erstlektorin gefunden zu haben, die nicht nur akribisch und selbstbewusst ist („Dieser Satz ist grammatikalisch wie moralisch fragwürdig.“), sondern mich auch regelmäßig bei meinen Lesebühnenauftritten besucht und mich berät. Eine literarische Ganzkörperbehandlung quasi, die ich jedem Bühnenautor nur wünschen kann.

Weiter danke ich Marion Alexa Müller und Thomas Manegold vom Periplaneta Verlag Berlin für die unkomplizierte Zusammenarbeit. Außerdem Kathrin Frank für das überragende Cover (kathrinfrank.de) sowie Katharina Bindl für die Drittkorrektur mancher Texte, Christian Zeh wegen „Bumswurscht“ und Aylin Bora, Johannes Gehr, Ko Bylanzky, Christian Ritter, Marvin Ruppert, Anja Spitzer, Manfred Spitzer, David Stieglitz, Rebecca Thierer, Alexander Urban, Christian Woitaschek und Werner Zapf für ihr Feedback zu den Klappentexten und der Gesamtgestaltung.

CD

Ein besonderer Dank gilt Nikita Gorbunov für die Produktion der CD. Wir haben drei schöne Tage im Regensburger Studio verbracht und ein weiteres Wochenende bei der Postproduktion in Stuttgart. Ganz zu schweigen von seinem fantastischen Intro-Freestyle und der Supervision unserer Live-Aufnahme im W1 Regensburg, die super trocken klingt. (So wie ich es mag.) Es ist schön, mit Leuten zusammenzuarbeiten, die nicht nur ihr Handwerk verstehen, sondern auch konzeptionell denken. Nikita war da auf jeden Fall die richtige Wahl.

Außerdem danke ich Constantin Weber und Orlando für die technische Hilfe im Tonstudio der Universität Regensburg und Uwe Hering, Matthias Segerer, Anna Wesemann für die technische Hilfe im W1. Ich danke Karla Schnikov, Christoph Schwarzfischer, Roland Huber, Fabian Lutz von der Sparkasse Regensburg *und allen Besuchern des W1 am 25. Juni 2014 für ihren Support vor Ort bei der Live-Aufnahme und allen Gaststimmen, also Johannes Berger, Barbara Bockschweiger, Günther Gürlach, Inessa Slavinskaya, Loyd Spencer und der französischen Poetry-Slam-Meisterin Meluzine. Weiter danke ich dem gesamten* Uni Jazz Orchester Regensburg *unter der Leitung von Christian Sommerer und der Komponistin Viola Hammer für das Outro von „Meinung“ hinter „Der soziale Notnagel“. Das komplette Stück „Meinung“ findet man auf der vom* Volvo Autohaus Bauer *und der* Universität Regensburg *gesponsorten CD „bunt und kühl - Big Band Jazz trifft Slam Poetry“, die Texte „Mein Garten Eden: Schweden“ und „Immerhin steht hier kein Nietzsche-Zitat“ in dem zugehörigen Buch „bunt und kühl“. Ein Dank an dieser Stelle auch an Martin Koch und den gesamten* ConBrio Verlag *für die Freigabe der Rechte. Alle Informationen zu „bunt und kühl“ und die Filmdokumentation gibt es auf:* thomas-spitzer.de/bunt-und-kuehl.

Zu guter Letzt danke ich Andivalent, Camilla Albrecht, Johannes Berger, Matthias Beringer, Kaleb Erdmann, Hannes Mischkowski, Stefan Spitzer für ihr Feedback zur CD.

Inhalt

Von fliegenden Elefanten und Mücken mit Elfenbeinen 5
Bumswurscht 9
Irgendwas mit Berufen 10
Meinung 13
Zweiundvierzig 18
Wissen und Glaube 23
Bist du schon drin? 27
Koblenz 29
Die totale Stagnation 31
Der Text gegen Sprache 36
Der soziale Notnagel 40
Fleischliche Liebe 44
Zwischenwort 48
Weniger Musik wagen? 51
Der Koch, das Buffet und der Teller 63
Tipps für angehende Autoren 67
Geht's noch? 69
Lebende Leichen 73
Ironie im Internet 78
Ironie 82
Ich bin total politisch und so 86
Der Markt regelt das 89
Unhistorisches Gespräch 91
Moderne Post / Cry Me A River 92
TKKG und Timmy der Hund gegen die böse Postmoderne 96
Rote Plastikherzen 101
Ziemlich romantisch 102
„Ich liebe dich, ich liebe dich nicht", spiele ich lustlos mit dem Abrisskalender 106
Eine kleine Geschichte der Nettigkeit 107
Leute mit Kindern 113
Nominativer Determinismus 117
Brief an mein Patenkind 122
Bumswurscht (Reprise) 126
Weißt du eigentlich, wie glücklich du bist? 128